# Das Geheimnis der Traumzeit

*Susan de Winter*

# Das Geheimnis der Traumzeit

Ein Australien-Roman von

***Susan de Winter***



Covergestaltung: Christiane Baurichter

Weitere Bücher der Autorin:

Der Stein der Schildkröte (2015)
Drei Wünsche im Wind (2016, 1. Scott & Sabrina-Roman)

## New York City

Die Schlange glitt lautlos über den Erdboden. Auf ihrer Haut glänzte ein leuchtendes Muster und ihre Augen blickten starr auf Sabrina. Ein Zischeln ertönte, eine spitze Zunge zuckte aus ihrem Maul. Sabrina hatte keine Ahnung von Schlangen, aber dass dieses über einen Meter lange Exemplar nicht zu den Harmlosen seiner Art zählte, war ihr vom ersten Moment an klar gewesen. Ihr Herz raste, Schweißtropfen sammelten sich auf ihrer Stirn. Sie lag auf dem Boden, und die Schlange bewegte sich unaufhaltsam immer näher auf sie zu. Warum zum Teufel konnte sie sich nicht rühren? Es fehlten nur wenige Zentimeter und das Biest würde ihren Kopf erreichen. Sie wollte nicht sterben. Sabrina stieß einen gellenden Schrei aus und konnte sich endlich aus der unsichtbaren Umklammerung lösen. Sie fuhr hoch und öffnete die Augen.

„Darling! Ist ja gut. Schon wieder so ein fieser Albtraum?“ Scott war aufgewacht und zog sie an sich. Sabrina spürte, wie sich ihr Herzschlag langsam beruhigte. Der Traum war so real gewesen, als hätte sie das Ganze wirklich erlebt. Noch immer meinte sie, das leise Zischeln der Schlange zu hören. Das war schon der dritte Traum dieser Art in einer Woche gewesen. Erschöpft schloss sie die Augen und schmiegte sich an Scotts warme, breite Brust. Er streichelte ihren Rücken und blickte besorgt zu ihr hinab.

„Was ist nur los mit dir, mein Schatz? Du hattest doch früher nicht solche Träume. Ist es wegen Australien?“

Sabrina wusste es selbst nicht. Sie kam sich ein bisschen albern vor. „Keine Ahnung. Eigentlich freue ich mich doch darauf. Ich weiß auch nicht, was mit mir los ist."

Sie sah ihn an und verlor sich einmal mehr in seinen bernsteinfarbenen Augen. Seitdem er sie im Sommer auf Island zum ersten Mal auf seine ganz besondere Art angesehen hatte, war es um sie geschehen. Sie war noch einige Zeit auf der Insel geblieben, dann hatte sie ihre Zelte dort abgebrochen. Nicht eine Sekunde lang hatte sie es bereut, Scott nach New York City gefolgt zu sein. Seit drei Monaten lebte sie jetzt mit ihm in seinem Appartement in Manhattan und hatte begonnen, Kunst zu studieren. Die letzten Wochen waren die glücklichsten ihres Lebens gewesen.

Scott nahm eine Strähne ihrer Haare und wickelte sie sich gedankenverloren um den Finger.

„Jetzt muss ich eine Woche lang ohne dich einschlafen. Wie soll ich das nur aushalten?"

Sabrina kuschelte sich näher an ihn heran und rieb ihren nackten Körper an seinen. Sie spürte seine durchtrainierten Muskeln und atmete tief durch. „Vielleicht sollten wir etwas unternehmen, an das du dich in Down Under erinnern kannst?"

Etwas blitzte in Scotts Augen auf und er grinste. „Eine ausgezeichnete Idee, Picasso."

So nannte er sie, wenn er sie ein wenig ärgern wollte. Doch das würde ihm heute nicht gelingen. Sabrina kniff ihm spielerisch in die Seite. Scott packte ihre Handgelenke, als wären sie aus Gummi, und drückte sie in die Kissen. Bevor sie protestieren konnte, verschloss er ihren Mund mit einem langen Kuss. Sabrina seufzte wohlig. So konnte der Tag beginnen. Sie genoss das

Liebesspiel, und der Alptraum verblasste.

Ein paar Stunden später begleitete sie Scott zum Flughafen und bedauerte einmal mehr, dass sie nicht einfach schon heute mit ihm nach Melbourne fliegen konnte. Aber ausgerechnet in der nächsten Woche musste sie zwei wichtige Prüfungen an ihrer Kunsthochschule schreiben. Scott hatte versucht, sie zu trösten. Er musste beruflich nach Australien. Als Fotograf für National Geographic sollte er eine Fotostory über die Grampians machen, ein Naturschutzgebiet in der Nähe von Melbourne.

„Du weiß doch, wie es ist, wenn ich arbeite. Dann habe ich für alles andere ein Brett vor dem Kopf." Er grinste sie schief an. „Wahrscheinlich ist es so am besten. Du schreibst deine Arbeiten, die du natürlich mit Bravour bestehst, und ich mache meinen Job mit der Kamera. Danach haben wir dann alle Zeit der Welt, um Australien gemeinsam zu genießen. Kängurus, Koalas, die Great Ocean Road, Picknicks am Strand, heiße Liebesnächte am Lagerfeuer..."

„Was? Liebesnächte am Lagerfeuer? Ich dachte, wir schlafen in Hotels???"

Scott zwinkerte ihr zu. „Wieso Hotels? Du bist schließlich eine arme Studentin. Und in Australien ist jetzt Sommer. Da können wir prima am Strand schlafen."

Sabrina versuchte, entrüstet zu klingen. „Scott McNara. Wenn du so weitermachst, muss ich mir einen anderen suchen. Auf keinen Fall schlafe ich am Strand. Vergiss die Liebesnächte!"

Scott zog sie an sich und küsste sie. „Picasso, du

kannst mir doch sowieso nicht widerstehen."

Wo er Recht hat, hat er Recht, dachte Sabrina und genoss das Gefühl der Geborgenheit in seiner Nähe. Aus dem Augenwinkel sah sie, dass Scotts Boarding gleich beginnen würde.

„Du musst gehen", sagte sie mit belegter Stimme. Scott sah ebenfalls zur Anzeigetafel.

„Oje, ich muss mich beeilen. Ich rufe dich an, wenn ich in Australien bin."

Noch einmal küsste er sie, flüsterte ihr ins Ohr „Ich liebe dich." Dann schnappte er sich sein Handgepäck und lief in Richtung seines Gates.

Sabrina blieb so lange stehen und blickte ihm nach, bis seine Gestalt in der Menschenmenge verschwunden war. Nur eine Woche, dann würde sie nachkommen. Alles war gut. Warum war ihr dann plötzlich so übel? Eine unerklärliche Angst schnürte ihr das Herz zu. Die Albträume der vergangenen Tage kamen ihr wieder in den Sinn. Darin war stets sie es gewesen, die in Gefahr schwebte. Doch nun inmitten der vielen, fremden Menschen auf dem JFK Flughafen hatte sie auf einmal das Gefühl, dass es in Wirklichkeit um Scott ging. Es war, als habe ein böses Omen über ihm geschwebt, als er zu seinem Fluggate ging. Sabrina straffte die Schultern und schüttelte über sich selbst den Kopf. „So ein Quatsch", sagte sie leise. „Jetzt mach dich bloß nicht verrückt, nur weil du ihn ein paar Tage lang nicht siehst. Alles ist in bester Ordnung."

## Great Ocean Road

Im Radio dudelte ein Surfersong, und Scott drehte die Musik lauter. Genau das Richtige. Schließlich fuhr er gerade auf der Great Ocean Road, der berühmtesten Küstenstraße Australiens. Jede Kurve hielt einen Ausblick parat, der ihn verlockte, eine Vollbremsung hinzulegen und nach der Kamera zu greifen. Mehr als einmal hatte sich Scott schon dazu hinreißen lassen und dabei beinahe einen Auffahrunfall provoziert. Inzwischen zwang er sich, die fantastischen Motive zu ignorieren. Später würde er noch genug Zeit haben, die Traumstrände zu fotografieren. In ein paar Tagen landete Sabrina in Melbourne, und dann wollte er gemeinsam mit ihr die Great Ocean Road in aller Ruhe abfahren.

Scott pfiff durch die Zähne. Er fuhr durch Lorne. Am Strand ritten die Surfer auf den Wellen, und die Cafés waren gerammelt voll mit jungen Leuten, die hier den Sommer feierten. Kurz bedauerte er, dass Sabrina nicht jetzt schon neben ihm saß. Die relaxte Stimmung der Australier hatte sofort auf ihn übergegriffen, als er gestern in Melbourne angekommen war. Er konnte es kaum erwarten, Sabrina wieder in die Arme zu schließen und die Gegend mit ihr zusammen zu erkunden. Aber erst die Arbeit, dann das Vergnügen. Schließlich hatte National Geographic ihn nicht zum Urlaub machen an die Südwestküste Australiens geschickt. Die Redaktion wollte Fotos aus den Grampians. Möglichst spektakuläre Fotos. Der fast 2000 Quadratkilometer große Naturpark in Victoria besaß seine besonderen Geheimnisse. Für die Ureinwohner Australiens, die Aborigines, galt er als magischer Ort. Vor ein paar Jahren hatte ein Buschfeuer einen großen Teil des Waldes zerstört. Viele Wildtiere waren ums Leben gekommen. Inzwischen hatte sich die Natur weitgehend von dem Feuer erholt, aber seine Spuren waren immer noch zu sehen. Scott sollte das Sterben und den Neubeginn in den Grampians dokumentieren. Er war bekannt dafür, ein gutes Auge für die Besonderheiten der Natur zu besitzen. Und er freute sich auf die Aufgabe.

Scott sah auf die Uhr. Beinahe Mittag. Er würde sich ein Sandwich und einen Kaffee gönnen und dann weiterfahren. Er wollte in Port Campbell übernachten und morgen früh so bald wie möglich in den Grampians ankommen. Wenn alles gut klappte, konnte er die Bilder in fünf Tagen im Kasten haben. Dann würde er über den Highway zurück nach Melbourne fahren, um Sabrina pünktlich vom Flughafen abzuholen.

Als Scott schließlich am frühen Abend auf den Parkplatz des Hostels in Port Campbell einbog, fielen ihm fast die Augen zu. 13 Stunden Zeitunterschied zu New York forderten ihren Tribut.

Er hatte Glück und bekam noch ein Einzelzimmer, verdrückte eine Pizza und ein Bier und ging früh schlafen. Er versuchte, sich auf dem viel zu kleinen Bett auszustrecken. Für einen Kerl von einem Meter neunzig war es ganz offensichtlich nicht ausgelegt. Aber Scott war so müde, dass er wahrscheinlich überall eingeschlafen wäre.

Als er am nächsten Morgen erwachte, tippte er sofort das Passwort des Hostels fürs Internet in sein Smartphone und öffnete seinen Skype-Account. In New York war es jetzt sechs Uhr abends. Eigentlich müsste Sabrina mit ihren Vorlesungen durch sein. Seitdem sie zu ihm nach New York gezogen war, hatten sie jede Nacht zusammen verbracht. Es war irgendwie merkwürdig gewesen, ohne sie einzuschlafen und aufzuwachen. Daran wollte er sich wirklich nicht gewöhnen. *Verrückt, wie sehr ich sie schon jetzt vermisse.*

Zwei Minuten später erschien Sabrinas Gesicht auf seinem iPhone. Sie strahlte, und sein Herz ging auf.

„Hi Liebling! Schön, dass du anrufst!!“

Scott grinste zurück. „Guten Morgen, mein Schatz. Wie war dein Tag? Vermisst du mich?“

„Wie verrückt. Und außerdem finde ich es gemein, dass du dich mit all den aufregenden Surferinnen am Strand tummelst, während ich mir hier in New York den Hintern abfriere und lernen muss.“

„Du wolltest es ja nicht anders haben. Gönn mir einfach die Surferinnen. Wenn du herkommst, schicke ich sie alle wieder weg.“

Sabrina drohte ihm spielerisch mit dem Zeigefinger.

„Wag es ja nicht, Scott McNara, oder meine Rache wird fürchterlich sein.“

Scott schmunzelte. Er hatte Sabrina offensichtlich draußen erwischt. Sie trug einen dicken Schal, ihre Wangen waren gerötet. Wieder einmal dachte er, wie hübsch sie doch aussah.

„Du fehlst mir, Darling“, sagte er und seufzte.

Sabrina lächelte ihn an und antwortete: „Nur noch ein paar Tage, dann sind wir wieder zusammen. Ich kann’s kaum abwarten. Wo bist du jetzt überhaupt?“

„In einem Hostel in Port Campbell. Das ist an der Great Ocean Road. Die bin ich gestern mit blutendem

Herzen entlanggefahren, ein Top-Motiv nach dem anderen. Aber ich hab‘ nicht angehalten. Das machen wir beide zusammen.“

Sabrina nickte und wirkte auf einmal bedrückt. „Ich muss nochmal schnell in die Schule, weil ich ein Gespräch mit dem Professor habe. Bin schon spät dran. Bitte pass auf dich auf. Ich weiß, es klingt blöd, aber irgendwie habe ich so ein ungutes Gefühl. Versprich mir, dass du keine Risiken eingehst.“

Scott zwinkerte ihr beruhigend zu. „Versprochen. Mach dir keine Sorgen um mich. Ich kann es gar nicht erwarten, dich wiederzusehen!“

Sabrina atmete tief durch. „Okay. Vergiss nicht: Ich liebe dich.“

Scott warf ihren einen Kuss zu und nickte. „Und ich liebe dich. Ich weiß nicht, ob ich in den Grampians Wi-Fi habe, also mach dir keine Gedanken, falls ich mich morgen oder in den nächsten Tagen nicht melde. Ich versuch’s aber auf jeden Fall. Pass auf dich auf.“

Sabrina nickte und verschwand kurz darauf vom Bildschirm.

Scott strich betrübt über das Display und steckte das Smartphone weg. Es waren ja nur ein paar Tage. Und dann würden sie einen fantastischen Urlaub haben.

Backpacker aus aller Welt saßen am langen Frühstückstisch des Hostels, als Scott die Treppe von den Gästezimmern herunterkam. Er setzte sich neben einen spindeldürren, jungen Mann, der sich ein Sandwich nach dem anderen in den Mund schob. „Ich bin Joel und komme aus Frankreich“, stellte sich der Vielfraß vor. Er war erst vor ein paar Tagen in Australien angekommen und wollte ein ganzes Jahr durchs Land reisen und dabei arbeiten. Einen solchen Work-and-travel-Plan hatten auch einige der anderen Reisenden. Sie schienen unendlich viel Zeit zu haben. Scott dagegen beeilte sich, seinen Kaffee auszutrinken. Er schmierte sich ein Sandwich zum Mitnehmen, kaufte zwei Flaschen Wasser und machte sich auf den Weg.

Die Luft war klar und frisch. Gegen Mittag würde es wahrscheinlich wieder heiß werden. Gut zwei Stunden später erreichte Scott das Brambuk Visitor Center in den Grampians. Er stellte den Mietwagen auf dem Parkplatz ab und schlenderte zum Hauptgebäude hinüber.

„Kann ich hier Wanderkarten von den Grampians kaufen?“, fragte er die Angestellte, eine Aborigine, die gerade Koalas aus Plüsch in die Regale sortierte. Die Frau drehte sich um und lächelte. „Natürlich. Wir haben eine ganz gute Auswahl.“ Sie hieß Mary, wie auf ihrem Namensschild zu lesen war. „Sind Sie zum ersten Mal in den Grampians?“, fragte sie, während sie mehrere Wanderführer zur Auswahl vor ihm ausbreitete.

Scott nickte. „Ich bin Fotograf und komme aus New York. Vielleicht können Sie mir ein paar Tipps für gute Foto-Locations geben?“

Mary lachte. „Die finden Sie hier ohne Ende. Wir haben die schönsten Wasserfälle, endlose Wälder, Höhlen mit Felsmalereien, Kängurus, Koalas, Kakadus.... Wollen Sie noch mehr hören?“

Scott stimmte in ihr Lachen ein. „Okay, okay, Sie haben mich überzeugt. Da werden wir ja ein Sonderheft produzieren müssen, um alles unterzukriegen.“

„Das werden Sie wohl müssen. Haben Sie sich denn

schon einen Plan zurechtgelegt, wo Sie überall fotografieren wollen?“

„Noch nicht wirklich“, seufzte Scott. „Allerdings habe ich einiges über die Grampians gelesen und wollte heute mit dem McKenzie Wasserfall anfangen.“

„Eine gute Idee. Er liegt gar nicht weit von hier und ist einfach wunderschön.“

Die Frau schien zu überlegen. Scott sah sie fragend an. „Sagen Sie nur, wenn Sie eine Anregung für mich haben.“

„Mein Mann arbeitet als Guide hier im Visitor Center. Er ist in den Grampians geboren, so wie alle Vorfahren seiner Familie. Wenn jemand die Grampians in- und auswendig kennt, dann ist es mein Matthew.“

„Das klingt wirklich super. Könnte ich vielleicht mit ihm sprechen?“, fragte Scott

„Er ist gerade mit einer Gruppe Touristen in den Bergen unterwegs. Aber er hat in den nächsten Tagen noch freie Kapazitäten. Kommen Sie doch einfach morgen wieder und vereinbaren eine Tour mit ihm.“

Ganz schön geschäftstüchtig, dachte Scott und schmunzelte. Andererseits war dieser Matthew wahrscheinlich genau die Person, die er brauchte.

„Das werde ich bestimmt machen, Mary. Danke für den Tipp.“

Er unterhielt sich noch eine Weile mit der Australierin, dann kamen weitere Kunden in das Gebäude, und er verabschiedete sich.

Bei den McKenzie Falls bog Scott auf den ausgeschilderten Besucherparkplatz ab, parkte seinen Wagen und holte den Fotorucksack vom Rücksitz. Er packte drei Flaschen Wasser ein und begab sich zu Fuß auf den Weg. Schon nach ein paar Minuten klebte ihm das Hemd auf der Haut. Der Fußmarsch mit der Kamera, dem Stativ und all den schweren Objektiven machte ihm kaum etwas aus. Schließlich trainierte er nicht umsonst so oft es ging im Fitnessstudio oder ging im Central Park laufen. Aber die Hitze des australischen Sommers war eine andere Nummer. Er blieb stehen, wischte sich den Schweiß von der Stirn und trank einen Schluck Wasser. Verdammte Hitze. Die meisten Touristen, die heute hier unterwegs waren, trugen Shorts und Tops und hatten höchstens eine Plastikflasche Wasser zu schleppen. Doch es nützte nichts, Scott gab sich einen Ruck und setzte seinen Weg fort. Es dauerte nicht mehr lange, dann hatte er den berühmtesten Wasserfall der Grampians erreicht. Das Wasser stürzte in mehreren Stufen über eine Gesteinsplatte aus tiefschwarzem Basalt. Auf einem Besucherschild las Scott, dass die Aborigines den Platz Mihunang wirab nannten – schwarzer Fisch an der Oberfläche des Wassers treibend.

Scott sah sich um. Um diese Zeit waren noch viel zu viele Touristen unterwegs, die ihm die Aussicht auf den Wasserfall versperrten. Außerdem war ihm das Licht zu grell. Als Fotograf bevorzugte er das Abendlicht, das keine harten Schatten warf und der Szenerie eine besondere Stimmung verlieh. Also abwarten. Etwas abseits vom Wandertrail entdeckte er ein ruhiges Plätzchen im Zwielicht eines Baumes. Er nahm den Rucksack ab, ließ sich auf dem warmen Felsen nieder und lehnte sich zurück. Es konnte nicht schaden, einmal kurz die Augen zu schließen. Der Jetlag stecke ihm in den Knochen. Keine zwei Minuten später war er eingeschlafen.

Als Scott erwachte, stand die Sonne schon tief am

Himmel. Er schaute auf die Uhr und stellte fest, dass er zwei Stunden lang geschlafen hatte. Wo es bis vor kurzem noch vor Wanderern gewimmelt hatte, war nun kein einziger Mensch mehr unterwegs. Scott lächelte breit. Genau auf diesen Moment hatte er gewartet. Rasch holte er seine Kamera hervor und begann damit, den Wasserfall aus allen Perspektiven zu fotografieren. Er legte sich auf den Boden, um die Formation der Felsen aus einem besonderen Blickwinkel einzufangen. Er lichtete das zarte Grün der Blätter vor den verkohlten Baumstümpfen des letzten Buschfeuers ab, ließ das herabstürzende Wasser vor dem Glühen der untergehenden Sonne wie flüssiges Gold erscheinen. Erst als das Licht nichts mehr hergab, schulterte Scott seine Utensilien und machte sich zurück auf den Heimweg.

Ein warmes Gefühl der Zufriedenheit stieg in ihm auf. Die letzten Stunden hatte er an rein gar nichts gedacht. Er war einfach seinem Fotografeninstinkt gefolgt. Die technischen Abläufe des Fotografierens waren ihm so vertraut, dass er nicht über sie nachdenken musste. Wieder einmal war er im Flow gewesen, hatte weder Zeit noch Raum gespürt, keinen Hunger oder Durst, sondern war einfach in seiner Arbeit aufgegangen. Jetzt aber meldete sich der Hunger. Er beschleunigte seine Schritte. Freute sich auf ein eiskaltes Bier und ein großes Steak, was es hoffentlich beides in der Nature Lodge geben würde. Er hatte einen Flyer des Hotels im Visitor Center mitgenommen. Es lag mitten in den Grampians und war als Ausgangspunkt für seine Fototouren ideal. Ich hätte vorher reservieren sollen. Hoffentlich bekomme ich da noch ein Zimmer, dachte Scott. Als er den Parkplatz endlich vor sich sah, war es fast dunkel. *Na endlich. Die Dusche und das Abendessen rücken näher.* Scott sah, dass sein Auto jetzt als einziges auf dem Parkplatz übriggeblieben war. Schemenhaft nahm er eine Bewegung neben dem Mietwagen wahr. Machte sich da etwa jemand an seinem Auto zu schaffen? „He! Was soll das?“, rief er und begann zu laufen, soweit seine Kameraausrüstung es zuließ. Der Weg machte nun eine Biegung, und Scott verlor den Wagen kurz aus den Augen. Als er wieder in sein Blickfeld geriet, war niemand zu sehen. Scott seufzte erleichtert auf und fiel wieder in einen normalen Trott. Flüssigkeitsverlust? Jetlag? Wahrscheinlich hatte er bereits Halluzinationen. Auf dem Parkplatz schaute er sich noch einmal um. Da war kein Mensch weit und breit. Um ihn herum dehnten sich die endlosen Wälder der Grampians aus, das Territorium der Aborigines und der wilden Tiere Australiens. Kein Grund für Scott McNara, sich zu fürchten. Und doch hatte er das Gefühl, dass irgendjemand ihn beobachtete. „Stay cool, in ein paar Minuten sitze ich vor meinem Bier“, dachte er, setzte den Rucksack neben seinem Wagen ab und beugte sich hinunter, um die Autoschlüssel herauszuholen. Im letzten Moment nahm er hinter sich eine Bewegung wahr. Aber da war es schon zu spät. Er spürte einen Schlag auf den Hinterkopf und sank zu Boden.

## Sabrina

Sabrina steuerte auf den Ausgangsbereich des Flughafens zu und sah sich suchend um. Vor ihr standen eine Menge Leute, die Namensschilder in die Höhe hielten oder ihre Familienmitglieder mit Blumen in Empfang nehmen wollten. Eigentlich hatte sie Scott in der ersten Reihe erwartet. Er war nicht da.

Schon während des Fluges von New York nach Melbourne hatte sie ein ungutes Gefühl beschlichen. Seit ihrem Skypetelefonat, als Scott in Port Campbell war, hatte sie nichts mehr von ihm gehört. Sie hatte versucht, sich damit zu beruhigen, dass er in den Grampians wahrscheinlich kein Netz und kein Wi-Fi hatte. Das hatte er selbst schließlich befürchtet. Trotzdem hatte ihre Sorge in den letzten Tagen immer mehr zugenommen. Es war so gar nicht Scotts Art, sich nicht zu melden. Als er im vorigen Jahr nach New York zurückgekehrt und sie zunächst in Island geblieben war, hatten sie jeden Tag miteinander telefoniert.

Sabrina ging etwas zur Seite, stellte ihren Koffer ab und ließ ihren Blick schweifen. Bitte komm jetzt endlich, Scott, dachte sie. Jeden Moment erwartete sie, seine hünenhafte Gestalt zwischen all den fremden Menschen auftauchen zu sehen. Die Minuten verrannen. Inzwischen waren alle anderen Passagiere ihres Fluges abgeholt worden. Sie stand allein am Ausgang, und die Angst kroch in ihr hoch.

Zum zwanzigsten Mal sah sie auf ihr Handy. Natürlich hatte sie längst versucht, ihn anzurufen. Aber sein Telefon war immer ausgeschaltet gewesen. Sie hatte mehrere

Nachrichten hinterlassen. Ob er sein Mobiltelefon verloren hatte? Sie schaute wieder auf ihr Display. Kein Anruf und keine Message von Scott. Schließlich machte sie sich auf die Suche nach einem Informationsschalter und fragte nach, ob eine Nachricht für sie hinterlassen wurde. Nichts.

Vielleicht wusste Nick etwas. Sabrina wählte die Nummer von Scotts besten Freund und hatte ihn wenig später am Apparat.

„Hi Sabrina! Bist du gut angekommen? Hat Scott dir ein Känguru mitgebracht?“

Nick war wie immer gut drauf. Sabrina war froh, seine vertraute Stimme zu hören, aber bereits seine ersten Worte sagten ihr, dass er wahrscheinlich keine Ahnung hatte, wo Scott steckte.

„Hallo Nick, ich stehe hier schon eine ganze Weile am Flughafen. Scott wollte mich abholen, aber er ist nicht gekommen. Sein Telefon ist ausgeschaltet, und er hat mir keine Nachricht hinterlassen. Hast du in den letzten Tagen etwas von ihm gehört?“

Einen Augenblick blieb es still in der Leitung. Dann hörte sie, wie Nick sich räusperte.

„Das ist wirklich merkwürdig. Ich habe seit seiner Abreise nichts mehr von ihm gehört. Ein bisschen hatte ich mich auch gewundert, weil ich ihm vorgestern eine whatsapp-Nachricht geschickt hatte, auf die er gar nicht reagiert hat.“

Sabrina seufzte. Sie hatte gehofft, etwas anderes zu hören.

„Aber jetzt mach dir nicht zu viele Sorgen. Wahrscheinlich gibt es eine ganz harmlose Erklärung dafür. Vielleicht hat er sein Handy verloren, als er durch irgendwelches Gebüsch gekrochen ist, um das Super-Foto zu schießen."

„Ja, vielleicht", antwortete Sabrina wenig überzeugt.

„Ihr hattet doch schon ein Hotel für heute gebucht. Fahr dorthin. Ich wette, er liegt im Bett und hat es ganz einfach verpennt, dich abzuholen. Bestimmt hat er sich eine falsche Zeit aufgeschrieben. Pass auf, es gibt vermutlich eine ganz harmlose Erklärung."

„Okay, das mache ich. Ich geb dir Bescheid, wenn er dort ist, Nick. Mach's gut!"

„Du auch. Und zieh ihm die Ohren lang, wenn du ihn siehst. Eine Frau wie dich lässt man nicht warten. Ich werde ein ernstes Wort mit ihm reden müssen."

Sabrina nahm die Skytrain in die Stadt und fuhr mit dem Taxi weiter in ihr Hotel. Sie konnte immer noch nicht fassen, dass Scott nicht am Flughafen gewartet hatte. Doch sie verspürte keine Wut. Ihre Angst, dass ihm etwas zugestoßen sein könnte, war viel zu groß.

Die hübsche junge Frau an der Rezeption zerstörte Sabrinas Hoffnung, dass Scott im Hotel eingecheckt hatte, mit einem bedauernden Lächeln. Er war dort weder aufgetaucht, noch hatte er eine Nachricht hinterlassen. Sabrina bezog das Zimmer und ließ sich aufs Bett sinken. Was war bloß passiert? Was sollte sie jetzt tun?

Scott, du verfluchter Kerl, melde dich, dachte sie und spürte, wie Tränen der Verzweiflung in ihr aufstiegen. Verdammt nochmal. Sie hatte sich so auf diese Reise gefreut, und jetzt so etwas. Was, wenn er in den Grampians verunglückt war und dort vielleicht schwer verletzt in der Wildnis lag? Sie musste ihm doch irgendwie helfen können. Vielleicht hatte Nick eine Idee.

Erneut wählte sie seine Nummer und hatte ihn sofort am Apparat.

„Und? Ist er da?“, fragte er, und sie konnte die Sorge in seiner Stimme hören.

„Nein. Die vom Hotel haben nichts gehört. Was soll ich denn jetzt machen, Nick? Vielleicht ist er in den Grampians verunglückt. Ich muss versuchen, ihm zu helfen.“

Sie hörte, wie er tief durchatmete.

„O Mann, was für ein Mist. Hör zu Sabrina, du bist doch bestimmt total fertig nach dem langen Flug. Ich werde versuchen, von hier aus etwas herauszukriegen. Ich werde bei der Polizei und in den Krankenhäusern nachfragen. Sobald ich etwas erfahre, rufe ich dich an.“

Ein Gefühl der Erleichterung durchströmte Sabrina. Wenigstens war sie nicht ganz alleine. Auch wenn Nick Tausende von Kilometern entfernt war, konnte sie sich auf seine Hilfe verlassen.

„Okay. Du bist echt ein guter Freund, Nick. Hat dir das schon mal einer gesagt?“

Nick lachte kurz auf. „Kein Ding, das ist ja wohl selbstverständlich. Am besten du haust dich jetzt erstmal aufs Ohr und schläfst eine Runde. Wer weiß? Vielleicht sitzt Scott ja schon auf deiner Bettkante, wenn du aufwachst.“

„Schön wär’s. Leider habe ich irgendwie das Gefühl, dass es nicht so sein wird. Bitte ruf mich sofort an, wenn du etwas hörst, Nick.“

„Mach ich. Jetzt schlaf gut, Sabrina.“

Als sie erwachte, war es stockdunkel im Zimmer. Noch ehe sie den Lichtschalter fand, wusste sie, dass Scott nicht gekommen war. Sie blickte auf ihr Handy und fand eine whatsapp-Message von Nick.

*Hallo Sabrina, leider habe ich Scott nicht gefunden. Er ist weder im Gefängnis, noch im Krankenhaus. Es wurde kein Unfall eines Amerikaners gemeldet. Das ist eine gute Nachricht!! Ruf mich an, wenn du ausgeschlafen hast. Nick*

Sabrina seufzte. War das wirklich eine gute Nachricht? Ihr wäre es lieber gewesen, Scott mit einer leichten Rippenprellung im Krankenhaus zu wissen, als immer noch im Ungewissen darüber zu sein, wo er überhaupt steckte. Sie sah auf die Uhr. Es war zwei Uhr nachts. Keine gute Zeit, um irgendetwas zu unternehmen. Trotzdem rief sie beim Empfang an und erkundigte sich, ob Scott eine Info hinterlassen hatte. Doch wie sie sich schon gedacht hatte, lag keine Message für sie vor.

Sie stand auf, trank ein Glas Wasser und schaute aus dem Fenster auf die beleuchtete, menschenleere Straße. Das merkwürdige Gefühl, dass sie bei Scotts Abreise in New York überwältigt hatte, kam ihr in den Sinn. Was hatte das alles zu bedeuten?

Seit Tagen hatte sie immer wieder daran gedacht, dass sie bald endlich wieder Haut an Haut neben Scott im Bett liegen würde. Sie sehnte sich nach seinen Küssen, danach wie seine warme Hand ihren Rücken herunterfuhr. Sie schloss die Augen. Fast konnte sie spüren, wie er sie zu sich heranzog, sie in die Arme nahm und vor der ganzen Welt beschützte. In der Ferne heulte die Sirene eines Ambulanzwagens. Sabrina öffnete die Augen, ihr schlug das Herz bis zum Hals. Tief in ihrem Inneren wusste sie, dass irgendetwas Schlimmes mit Scott passiert war.

***

Der Polizeibeamte war noch keine 30 Jahre alt und hatte ein vertrauenserweckendes Gesicht. Er hatte sich ihre Geschichte angehört, ohne sie zu unterbrechen, und sich Notizen dabei gemacht. Inzwischen hatte sie geendet und schaute ihn erwartungsvoll an.

„Es tut mir leid, dass ihre Ferien bei uns in Australien so unerfreulich begonnen haben. Aber keine Sorge, wir werden alles tun, um Ihren Freund so schnell wie möglich zu finden."

Er hieß Colin und lächelte sie aufmunternd an. „Möchten Sie vielleicht einen Kaffee?"

Sabrina nickte. Während sie wenig später Schluck für Schluck ihren  Kaffee trank, recherchierte Colin in der Polizeidatenbank und tätigte einige Anrufe bei Kollegen sowie in den Krankenhäusern der Region. Nach einer halben Stunde hatte er noch immer nichts herausgefunden. Entschuldigend zuckte er mit den Schultern und sah Sabrina an. „Das muss nichts Schlimmes bedeuten, Sabrina. Ich werde einen Kollegen bitten, die Grampians mit dem Hubschrauber abzusuchen. Das Gebiet ist ziemlich unübersichtlich. Aber von oben sollte man den Wagen Ihres Freundes sehen müssen. Und dann wissen wir mehr."

Sabrina nickte hoffnungsvoll. Sie hatte kaum damit gerechnet, dass die Polizei ihr auf Anhieb so helfen würde. Colin schlug vor, dass sie in vier Stunden wiederkommen sollte. Bis dahin würde er mehr in Erfahrung gebracht haben. Sollte er zwischenzeitlich etwas von Scott hören, würde er sich auf ihrem Handy melden.

Sabrina spazierte durch Melbourne, blickte in Schaufenster und entdeckte die berühmten Grafittis der Laneways. Als Kunststudentin hätte ihr Herz dabei normalerweise höher geschlagen. Doch heute konnte sie keine Begeisterung für die Malereien aufbringen. Mit Mühe und Not zwang sie sich ein Sandwich herunter, weil sie sich selbst einredete, dass sie bei Kräften bleiben müsse. Der Appetit war ihr jedoch längst vergangen. Am frühen Nachmittag stand sie wieder vor dem Polizeirevier und bat darum, zu Sergeant Colin vorgelassen zu werden.

Er sah ihr in die Augen und schüttelte den Kopf. „Es tut mir leid, wir haben ihn nicht gefunden. Das Auto war nirgendwo zu entdecken."

Sabrina stiegen die Tränen in die Augen. Ihre Beine schienen auf einmal aus Wackelpudding zu bestehen. Bevor sie lang auf den Boden hinschlug, setzte sie sich schnell auf den Stuhl vor Colins Schreibtisch.

„Das gibt's doch nicht. Er kann doch nicht einfach spurlos verschwunden sein!"

Colin seufzte und nahm ihre kalten Hände in seine. „Ich weiß, dass sie das nicht gerne hören werden, aber könnte es vielleicht sein, dass Scott seine Pläne geändert hat?"

Sie schaute ihn verständnislos an.

„Wie meinen Sie das?"

Colin ließ ihre Hände wieder los und rutschte unbehaglich auf seinem Stuhl hin und her.

„Na ja, vielleicht hat er jemand anderes kennengelernt

...“ Er schaute sie mit hochgezogenen Augenbrauen an und wartete.

Jetzt brachte Sabrina sogar ein schiefes Grinsen zuwege. Nicht eine Sekunde lang wäre sie auf diese aberwitzige Idee gekommen. Dafür waren Scott und sie viel zu sehr ineinander verliebt. Vehement schüttelte sie den Kopf.

„Vergessen Sie es! Scott und ich lieben uns. Wir sind erst vor kurzem zusammengezogen. Ich habe mein ganzes altes Leben hinter mir gelassen, um bei ihm zu sein.“

Colin lächelte sie kurz an und nickte unbehaglich.

„Richtig. Sie haben für ihn Ihr ganzes Leben hinter sich gelassen. Aber würde er das Gleiche auch für Sie tun? Vielleicht hat er sich Hals über Kopf in jemand anderen verguckt und ist mit dieser Dame auf und davon. Was meinen Sie, wie oft wir so etwas erleben? Die zurückgebliebenen Partner sind anfangs immer überzeugt, dass ihre Darlings so etwas nie tun würden. Tja, leider sieht die Realität anders aus ...“

Sabrina schluckte. Das mag für andere zutreffen, nicht für uns, dachte sie.

Colins Telefon klingelte. Er nahm den Anruf entgegen, während Sabrina nervös auf ihrer Unterlippe kaute. Sie hoffte immer noch, dass die Polizei ihr irgendwie helfen könnte. Wie sollte sie Scott in diesem riesigen Land sonst ausfindig machen? Er konnte doch nicht einfach spurlos verschwunden bleiben. Colin beendete das Gespräch und sah sie mitleidig an.

„Hören Sie zu Sabrina, ich werde Ihren Scott landesweit als vermisst erklären. Sollten er oder sein Auto irgendwo auftauchen, weiß die Polizei Bescheid und wird sich hier melden. Ich habe Ihre Telefonnummer. Lassen Sie Ihr Mobiltelefon möglichst immer eingeschaltet, so dass ich Sie erreichen kann."

Er lächelte sie aufmunternd an. „Wer weiß, vielleicht taucht er schon heute Abend oder morgen früh wieder auf. Versuchen Sie, sich nicht zu viele Sorgen zu machen. Und gehen Sie um Himmelswillen nicht allein auf die Suche. Das wäre absolut zwecklos."

Sabrina schluckte. Sie sollte also einfach im Hotel oder an irgendeinem Strand herumsitzen und warten, dass die Polizei sich bei ihr melden würde? Auf gar keinen Fall. Sie nickte Colin zu.

„Okay. Ich danke Ihnen. Sie können mich Tag und Nacht erreichen. Bitte rufen Sie sofort an, wenn Sie etwas hören."

Colin gab ihr seine Visitenkarte und brachte sie sogar noch hinaus vor die Tür.

„Alles Gute, Sabrina. Ich hoffe, dass Ihr Scott sich meldet. Er weiß gar nicht, wie viel Glück er mit Ihnen hat."

Auf dem Weg zurück zum Hotel musste Sabrina immer wieder an Colins Worte denken. Konnte es sein, dass Scott sie einfach fallen gelassen hatte? Sie wusste, dass er manchmal seine dunklen Momente hatte. Nach außen hin war Scott stets der starke Mann. Sein Inneres wusste er gut zu verschließen. Seitdem seine Frau Melanie vor zwei Jahren ums Leben gekommen war, hatte sich ein Schatten über ihn gelegt. Unsere Liebe hat ihn da herausgeholt, dachte Sabrina. *Aber konnte sie sich da so sicher sein?* Sie kaute nervös auf ihrer Unterlippe. *Hoffentlich hatte Scott keinen Mist gebaut.*

Kaum war Sabrina wieder in ihrem Hotel angelangt, fasste sie einen Plan. An der Rezeption ließ sie sich mit einer Autovermietung verbinden und bestellte einen Wagen, der ihr innerhalb von einer Stunde zum Hotel gebracht werden sollte. Sie packte ihren Koffer, sah sich im Internet die Strecke nach Port Campell an und checkte aus. Wenn Sie Glück hatte und gut durchkam, könnte sie es vielleicht heute noch bis in das Hostel schaffen, in dem Scott übernachtet hatte. Wenn nicht, würde sie unterwegs ein anderes Hotel finden. Alles war besser, als untätig hier herumzusitzen.

## Joe

Seit einer Stunde saß Mary am Krankenbett ihres Mannes und wartete darauf, dass er endlich aufwachte. Nachdem der Arzt ihr dreimal erklärt hatte, dass Matthew nur einen leichten Herzinfarkt erlitten hatte und auf jeden Fall überleben würde, hatte sie sich inzwischen wieder etwas beruhigt. Sie blickte in das reglose Gesicht Matthews, registrierte die tiefen Falten, die sich in die Haut eingegraben hatten, die dunklen Schatten unter den Augen. Wann war das passiert, dass sie alt geworden waren?

Ihr kam es wie gestern vor, dass sie sich auf einer Party kennengelernt hatten. Sie konnte sich beinahe an jede Minute ihres Hochzeitstages erinnern. Und obwohl der ja eigentlich der schönste Tag im Leben einer Frau sein sollte, war das für sie eindeutig die Geburt ihres Sohnes gewesen. Matthew war die ganze Zeit dabei gewesen. Er hatte so gestrahlt, als er seinen Sohn zum ersten Mal in den Armen hielt. Mary schloss die Augen und rief sich das Gefühl noch einmal in Erinnerung, dass sie damals kurz nach der Entbindung erleben durfte. Joe war so ein hübsches Kind gewesen. Dreißig Jahre war das nun her. Sie stieß einen tiefen Seufzer aus, als sie daran dachte, was jetzt aus Joe geworden war.

Sie öffnete die Augen und sah, dass Matthew sie anblickte und lächelte.

„Matthew! Oh, Gott sei Dank, mein Liebster! Ich hatte solche Angst um dich!“

Sie hatte die ganze Zeit seine Hand gehalten, die er nun drückte und ihr zuzwinkerte. Dann ließ er seinen Blick über die blinkenden Apparaturen und die Schläuche, die in seinem Arm steckten, schweifen. Er seufzte.

„Sieht so aus, als könnte ich heute noch nicht mit dir nach Hause gehen, richtig?“

Mary schüttelte energisch den Kopf. „Natürlich nicht! Du hattest einen Herzinfarkt. Ich bin froh, dass du noch lebst.“

Matthew funkelte sie belustigt an. „So schnell wirst du mich nicht los, Mary-Schatz. Ich bin doch noch nicht mal in Rente. Also entspann dich wieder.“

„Entspann dich wieder“, wiederholte Mary seine Worte in entrüsteten Ton. „Ich glaube, ich bin heute zehn Jahre gealtert durch all diese Aufregung. Zum Glück kam der Krankenwagen wirklich schnell ins Visitor Center. Der Arzt hat gesagt, dass du großes Glück gehabt hast. Sie werden in den nächsten Tagen einige Untersuchungen mit dir anstellen, und vielleicht werden sie dir Stents einsetzen, damit so etwas nicht noch einmal passiert.“

Matthew schluckte. „Also wird es so schnell nichts mit dem Arbeiten?“

Mary verdrehte die Augen. „Nein. Ganz bestimmt nicht. Wenn du hier rauskommst, kannst du eine Reha machen und dich erholen.“

Matthew schwieg einen Moment und sah aus dem Fenster. „Hast du es Joe schon gesagt?“, fragte er dann.

Mary holte tief Luft. „Nein.“ Wieder überkam sie dieses Gefühl der Hoffnungslosigkeit. „Ich habe ihn nicht erreicht. Aber ich werde es nachher wieder versuchen.“

Matthew nickte nur. „Du kannst es auch lassen“, sagte er dann. Die Resignation in seiner Stimme versetzte Mary einen Stich.

Sie hatten beide seit langem kaum noch Kontakt zu Joe. Das letzte Mal hatten sie ihn vor sieben Monaten gesehen, als sie ihn in Melbourne im Gefängnis besucht hatten. Die Polizei hatte ihn bei einem Drogendeal erwischt. Er musste zwölf Monate absitzen. Seit einem halben Jahr war er wieder auf freiem Fuß und hatte sich seitdem kein einziges Mal bei ihnen gemeldet. Die Kluft zwischen Vater und Sohn schien so groß wie der Grand Canyon.

Matthew war stolz darauf, ein Aborigine zu sein. Er gehörte zum Stamm der Jardwadjali. Sein eigener Vater Jim hatte ihm die Rituale und Geheimnisse seiner Vorfahren beigebracht. Als Joe noch klein war, waren die drei zusammen losgezogen. Sie hatten in der Wildnis übernachtet, Joe das Spurenlesen gezeigt und ihm am Lagerfeuer die Geschichten der Traumzeit erzählt. Joe hatte alles begeistert in sich aufgesogen. Jim war damals davon überzeugt gewesen, dass die Weisheit der Ahnen in seinem Enkel fortlebe.

Mary wischte sich müde über die Augen. Gut, dass ihr Schwiegervater inzwischen tot war. Für ihn wäre es vielleicht noch schlimmer gewesen als für Matthew, mitzuerleben, was aus dem Jungen einmal werden würde. Perspektivlosigkeit, schlechter Umgang und zum Schluss auch noch Alkohol und Drogen hatten Joe auf die schiefe Bahn gebracht.

Auf einmal kam Mary eine Idee. Ihr Herz schlug schneller. Vielleicht wäre diese Möglichkeit der rettende Anker für Joe. Sie musste versuchen, Matthew davon zu überzeugen.

„Ich werde es gleich nochmal probieren, Schatz.

Bestimmt war sein Handy nur vorübergehend ausgeschaltet.“

Matthew lachte trocken auf und hob geringschätzig die Augenbrauen. „Wahrscheinlich sitzt er wieder im Knast und hat gar kein Handy mehr.“

„Aber wenn ich ihn erreiche und er nicht im Gefängnis ist, dann würde ich ihn gerne etwas fragen.“

„Ob er mich besucht? Das kannst du dir sparen, darauf lege ich keinen Wert. Vermutlich würde ich mich so über ihn ärgern, dass ich gleich den nächsten Herzinfarkt bekomme.“

Mary strich ihrem Mann beschwichtigend über die Hand und überlegte kurz, ob sie ihren Vorschlag nicht vielleicht doch lieber vergessen sollte. Schließlich durfte sich Matthew wirklich nicht aufregen. Aber etwas in ihrem Inneren sagte ihr, dass sie es einfach tun müsse.

Eine halbe Stunde später eilte Mary zu ihrem Auto, ließ sich schwer atmend auf den Sitz fallen und holte ihr Handy heraus. Matthew war zunächst ganz und gar nicht mit ihrem Vorschlag einverstanden gewesen, aber nach langem Hin und Her hatte er doch zugestimmt. Mit klopfenden Herzen wählte Mary die Nummer ihres Sohnes. Nach dem dritten Klingelzeichen wurde abgenommen, und Joe meldete sich.

„Mum? Bist du es? Wie spät ist?“

Mary presste die Lippen zusammen. Es war bereits Nachmittag, und ihr Sohn klang, als ob sie ihn gerade geweckt habe. Ob er wieder mal einen Rausch ausschlafen musste? Oder Drogen genommen hatte?

„Joe, dein Vater hatte heute einen Herzinfarkt.“

Am anderen Ende der Leitung blieb es still.

„Hast du gehört, Joe? Dein Vater wäre heute fast gestorben!“

„Oh Gott ... Shit. Das kann doch nicht wahr sein ...“. Joes Stimme hatte nun einen anderen Klang angenommen.

Zumindest scheint es in seinem Oberstübchen angekommen zu sein, dachte Mary.

„Wie ist das passiert? Er wird doch überleben, oder? Mum?“

Mary ließ ihn eine Minute zappeln, bevor sie antwortete.

„Wahrscheinlich. Aber er wird sich schonen müssen. Sie werden ihm Stents einsetzen, er wird eine Zeitlang nicht arbeiten dürfen. Es war ziemlich knapp, Joe.“

Sie sah aus dem Fenster zum Krankenhaus hinüber. Keiner von ihnen sprach ein Wort, aber Mary hörte ein leises Schniefen. Weinte Joe etwa? Gab es doch noch so etwas wie Gefühle in ihm? Vielleicht hatte sie sich aber auch getäuscht.

„Ihr solltet euch vertragen, Joe. Das Leben kann so schnell vorbei sein. Stell dir vor, du hättest ihn nie wieder gesehen ...“

„Du willst, dass ich ihn besuche?“

Jetzt schwang leichte Panik in seiner Stimme mit.

Mary schloss die Augen. *Wie hatten sie sich nur so weit voneinander entfernen können? Sie musste jetzt die richtigen Worte finden, sie durfte nichts falsch machen.*

„Ja, ich möchte, dass du ihn besuchst. Aber noch nicht jetzt. Er ist ziemlich schwach und soll sich nicht aufregen, hat der Arzt gesagt.“

Joe stieß ein Schnauben aus. „Er regt sich immer auf, wenn er mich sieht.“

„Vielleicht nicht beim nächsten Mal."

„Warum sollte das dann anders sein? Bestimmt kriegt er dann den nächsten Herzinfarkt, und dann bin ich schuld an seinem Tod."

Mary räusperte sich. *Jetzt oder nie.*

„Du könntest uns einen großen Gefallen tun, Joe. Und hättest dabei gleichzeitig die Gelegenheit, deinen Vater stolz auf dich zu machen und dich endlich wieder mit ihm zu vertragen."

„Und wie soll das gehen?" Joes Stimme hatte wieder ihren gewohnt misstrauischen Klang angenommen.

„Wir möchten, dass du ihn im Visitor Center vertrittst. Du weißt schon, Touristen durchs Museum führen, ihnen zeigen, wie man Boomerangs wirft, die Höhlenzeichnungen unserer Ahnen zeigen ..."

Da Joe still blieb, fuhr Mary einfach fort. Es war seine Entscheidung. Plötzlich hatte sie Angst, sie zu hören.

„Du hast ihn als Kind oft genug bei der Arbeit begleitet, du kennst dich aus und könntest sofort anfangen. Du würdest natürlich auch Geld dafür bekommen. Und es ist vielleicht die letzte Chance, dich wieder mit deinem Vater zu versöhnen. Was meinst du?"

Joe sagte noch immer nichts. Mary hielt die Luft an. Wahrscheinlich hatte Matthew Recht. Joe würde sowieso ablehnen.

„Wie viel Geld würde ich denn bekommen?"

Kalte Wut stieg in Mary auf. Das durfte ja wohl nicht wahr sein. Das Erste wonach er fragte, war das Geld. Sich mühsam beherrschend, antwortete sie mit ruhiger Stimme: „Du würdest das volle Gehalt deines Vaters bekommen. Ich muss natürlich noch mit Mr. Denner sprechen, aber ich denke, er wird einverstanden sein."

Joe schien zu überlegen. „Ich weiß nicht. Die Arbeit liegt mir nicht so. Wann müsste ich denn anfangen?"

„Am besten sofort. Es ist Hochsaison, wir haben jeden Tag einen Haufen Touristen hier. Bist du in Melbourne, Joe?"

Ihr Sohn antwortete nicht. Mary wartete. Im Auto war es brütend heiß, die Bluse klebte ihr schon am Rücken. Dazu die ganze Aufregung. Sie fühlte, dass sie langsam die Geduld verlor. Vielleicht war es doch keine so gut Idee gewesen, Joe anzurufen. Er würde sowieso ablehnen. Und wenn er es machen würde, ginge sie das Risiko ein, dass er irgendeinen Mist im Visitor Center anstellen würde und sie und Matthew die Konsequenzen tragen müssten. Sie dachte an ihren Chef, Mr. Denner. Er hätte null Verständnis dafür, wenn er Joe mit einer Flasche Whisky irgendwo auf dem Gelände erwischen würde.

„Weiß du was, Joe, wenn du nicht willst, dann sag es jetzt einfach und halt mich hier nicht länger ..."

„Ich mach's, Mum!", die Antwort kam wie aus einem Schnellfeuergewehr.

Mary stutzte. Plötzlich sah sie Joe als kleinen Jungen vor sich. Er wollte unbedingt seinen Großvater auf einer Wochenendtour in den Busch begleiten, doch sein Vater hatte ihm Hausarrest aufgebrummt, weil er seine Schularbeiten nicht gemacht hatte. Damals hatte er sie flehentlich angeschaut und immer wieder gesagt: „Ich mach's, Mum! Ich mach's, Mum! Aber bitte lass mich mit Großvater mitgehen."

Er hatte sein Wort gehalten und künftig seine Schularbeiten erledigt. Und sie hatte Matthew überredet,

Joe die Tour zu erlauben.

„Gut Joe, ich bin froh über deine Entscheidung. Wahrscheinlich musst du ja erst deinen Kram in Melbourne regeln. Wann könntest du zu Hause sein? Morgen schon oder übermorgen? Soll ich dich irgendwo abholen?“

„Ich komme morgen früh. Hab einen Wagen. Also dann bis morgen.“

Er legte auf, ohne ihre Verabschiedung abzuwarten. Während Mary zurück nach Brambuk fuhr, schaute Joe aus dem Fenster einer Hütte. Er blickte auf das grüne Dickicht der Wälder in den Grampians. Brambuk war nur einen Katzensprung von ihm entfernt. Er könnte in ein paar Minuten dort sein. Aber das brauchten seine Eltern nicht zu wissen.

## Sabrina

Als Sabrina ihren Mietwagen vor dem Hostel in Port Campbell abstellte, war es bereits stockdunkel. Sie war über die grandiose Great Ocean Road gefahren, hatte sich aber nur hin und wieder einen Blick auf die atemberaubend schöne Küste gegönnt. Die Straße war oft kurvig, und es waren viele Autos unterwegs. Außerdem war sie den Linksverkehr nicht gewohnt und musste sich konzentrieren, immer auf der richtigen Seite der Straße zu bleiben.

Die Traumroute Victorias hatte sie eigentlich in aller Ruhe zusammen mit Scott entdecken wollen. Zuhause in New York hatten sie davon gesprochen, ein Picknick am Strand zu machen, den Surfern beim Wellenreiten zuzusehen und in den Eukalyptuswäldern nach Koalas zu suchen.

Jetzt saß sie allein auf einem Parkplatz und fragte sich zum tausendsten Mal, wo ihr Freund steckte. Sabrina gähnte. Sie nahm ihre Tasche vom Beifahrersitz, stieg aus und ging mit steifen Bewegungen zur Eingangstür. Hoffentlich hatten die hier noch ein Bett für sie. Sie war so müde, dass sie keinen einzigen Meter weiterfahren würde. Notfalls müsste sie eben im Auto schlafen.

Hauptsächlich junge Leute, aber auch ein paar ältere Backpacker hatten es sich in der Lounge gemütlich gemacht, lasen Bücher, unterhielten sich oder spielten Karten. Hinter der Rezeption bereitete ein junges Mädchen einen Cappuccino zu. Sie drehte sich mit einem Lächeln zu ihr um und sagte: „Hallo! Willkommen in Port Campbell! Kann ich dir helfen?“

„Ich würde gerne hier übernachten“, antwortete Sabrina. Nach vier Stunden Fahrt von Melbourne hierher hatte sie das Gefühl, auf der Stelle einschlafen zu können.

Das Mädchen sah sie mit großen Augen an. „Du hast also nicht reserviert?“

Sabrina schüttelte den Kopf.

„Oje, wir haben Hochsaison. Aber vielleicht hast du Glück, ich schaue nach.“ Sie schlug ein Buch auf und überflog die Reservierungen. Lächelnd richtete sie sich wieder auf.

„Du hast wirklich Glück. Wir haben noch ein einziges Bett in einem Mehrbettzimmer frei. Und auch nur für diese eine Nacht. Ist das okay für dich?“

Sabrina nickte erleichtert. Sie wollte in diesem Moment nur noch schlafen, alles andere war ihr egal.

Das Mädchen drückte ihr Bettzeug und ein Handtuch in die Hand und zeigte ihr das Zimmer in der oberen Etage. Es erinnerte Sabrina an die Klassenausflüge in ihrer Schulzeit. Auf allen Betten lagen Klamotten, aber die Urlauber hielten sich noch woanders auf. Sabrina war es nur recht. Schnell bezog sie ihr Bett, putzte sich die Zähne und schlüpfte unter die Decke. Bevor sie sich noch einen Plan für den nächsten Tag zurechtlegen konnte, war sie auch schon eingeschlafen.

Die ersten Sonnenstrahlen, die durchs Fenster fielen, weckten sie früh am Morgen. Sie blickte um sich. Neun andere Menschen lagen in den doppelstöckigen Betten des Zimmers. Sie hatte so fest geschlafen, dass sie nicht mitbekommen hatte, wie sich der Raum in der Nacht gefüllt hatte. Im Bett neben ihr schnarchte ein junger Mann mit offenem Mund vor sich hin.

Leise schälte sie sich aus ihrer Decke, nahm ihre Sachen und schlich auf Zehenspitzen in eines der Badezimmer. Nach einer ausgiebigen Dusche fühlt sie sich schon besser. Sie zog Jeans und T-Shirt an und ging hinunter. Diesmal stand ein junger Mann mit Vollbart und kariertem Hemd hinter dem Empfangstresen und las die Zeitung.

„He, schon auf? Du bist die Erste", begrüßte er sie.

Sabrina lächelte ihn an und sagte: „Ja, ich bin gestern todmüde ins Bett gefallen – der Jetlag. Aber ich habe super geschlafen und einen Bärenhunger. Kann ich hier Frühstück bekommen?"

Der Mann nickte. „Klar. Da vorne ist unsere Küche, du kannst dich selbst bedienen. Nur wenn du Cappuccino möchtest, musst du ihn bei mir bestellen."

„Dann hätte ich gerne einen", antwortete Sabrina und schlenderte weiter Richtung Frühstücksraum. Sie schmierte sich einen Toast mit Marmelade, nahm sich einen Apfel und eine Banane aus der großen Obstschale und setzte sich an einen Platz am Fenster.

Alles war so unwirklich. Natürlich hatte sich Scott immer noch nicht gemeldet, und der Polizist hatte auch nicht angerufen. Trotzdem fühlte sich Sabrina besser als am Abend zuvor. Es war immer gut, die Dinge selbst in die Hand zu nehmen, zu handeln, anstatt alles nur mit sich geschehen zu lassen. Sie würde auf die Suche gehen. Und wer weiß? Vielleicht würde sie schon heute Abend zusammen mit Scott am Tisch sitzen. Sabrina wusste, dass dieser Gedanke nicht besonders realistisch war. Aber irgendwie musste sie sich schließlich Mut machen. Nachdem sie ihr Frühstück beendet hatte, kehrte sie an die

Rezeption zurück, bezahlte ihren Aufenthalt und kramte ihr Handy hervor. Sie rief ein Foto von Scott auf und zeigte es dem Hipster.

„Das ist mein Freund Scott. Er hat vor wenigen Tagen auch hier übernachtet. Kannst du dich an ihn erinnern?"

Der Mann nahm ihr das Smartphone aus der Hand und betrachtete das Foto. Dann schüttelte er den Kopf.

„Tut mir leid, den habe ich nie gesehen. Aber vielleicht weiß Julie mehr. Einen Moment, ich frage sie."

Er verschwand in einem der Hinterzimmer und kam kurz darauf mit der jungen Frau zurück, bei der Sabrina am Abend zuvor eingecheckt hatte.

„Guten Morgen! Du suchst deinen Freund? Lass mich mal sehen!"

Als sie Scotts Bild betrachtete, huschte ein Lächeln über ihr Gesicht. „Na klar erinnere ich mich. Der nette Fotograf aus New York. Er kam aus Melbourne und wollte weiter in die Grampians."

Sabrina nickte und atmete tief aus. Endlich eine Spur.

„Wie lange ist er hier gewesen?"

„Nur eine Nacht. Er hatte es ziemlich eilig, weiter zu kommen."

„War er...". Sabrina zögerte kurz. „War er allein?"

Die Frau zog die Augenbrauen hoch und lächelte dann.

„Ja. Er kam alleine und er fuhr alleine. Er schien mir ein netter Kerl zu sein. Wir haben uns nur kurz unterhalten, aber er machte einen sympathischen Eindruck auf mich."

Sie hielt kurz inne und warf Sabrina einen prüfenden Blick zu.

„Was ist passiert?“

Sabrina schluckte. „Er ist spurlos verschwunden. Als er mich das letzte Mal anrief, war er hier. Eigentlich wollte er mich vorgestern im Melbourne am Flughafen abholen. Wir hatten uns so auf den Urlaub gefreut. Aber er ist nicht gekommen, und sein Telefon ist ausgeschaltet.“

Die Frau sah sie mitleidig an. „Oh mein Gott, das ist ja schrecklich. Warst du schon bei der Polizei?“

Sabrina erzählte ihr, was sie bisher unternommen hatte, und dass sie nun in den Grampians nach Scott suchen wolle.

„Das kannst du aber auf keinen Fall alleine machen“, sagte Julie. „Dein Freund wollte zum Brambuk Visitor Center. Fahr am besten als Erstes dorthin. Ich hoffe, die Leute da können dir weiterhelfen.“

„Danke“, flüsterte Sabrina. „Wie weit ist es von hier bis Brambuk?“

„Etwa zweieinhalb Stunden. Du kannst es gar nicht verfehlen.“ Julie schüttelte bedauernd den Kopf. „Oh Mann, das tut mir echt leid. Ich hoffe, du findest deinen Freund und dass ihm nichts passiert ist.“

Ein paar Minuten später hatte Sabrina Port Campbell verlassen und fuhr in Richtung Grampians. Sie versuchte, sich daran zu erinnern, was sie über den Naturpark gelesen hatte.

Viel war es nicht. Schließlich hatte sie gar nicht vorgehabt, den Park zu besuchen. Nachdem Scott seine Arbeit erledigt hatte, wollten sie zusammen die anderen Highlights von Victoria ansehen. Sabrina kramte in ihren Erinnerungen. Ein bisschen was hatte sie in einem Reiseführer erfahren. Zum Beispiel, dass es viele

Kultstätten der Aborigines dort gab. Höhlen mit uralten Zeichnungen. Das Buch hatte die Grampians als Destination für Wanderer, Kletterer und Tierbeobachter angepriesen. Es gab wohl eine Menge Wald und Felsen und kaum Zivilisation. Sabrina seufzte. *Da hast du dir ja die richtige Ecke ausgesucht, um auf Tauchstation zu gehen, Scott McNara.*

Das Brambuk Visitor Center war nicht zu übersehen. Sabrina parkte ihr Auto und ging auf das ungewöhnliche Gebäude zu. Sein Dach war wie die Schwingen eines Kakadus geformt. Auf einem Schild las sie, dass der Architekt eine Reihe von Preisen für das Haus abgestaubt hatte. Brambuk hieß in der Sprache der örtlichen Ureinwohner weißer Kakadu.

Im Inneren gab es jede Menge Souvenirs zu kaufen, ein Café schloss sich an, und ein Hinterausgang führte zum eigentlichen Museum. Sabrina wandte sich direkt an eine Frau hinter dem Verkaufstresen.

„Entschuldigen Sie, ich bin auf der Suche nach meinem Freund. Er soll vor ein paar Tagen hier gewesen sein. Können Sie sich vielleicht an ihn erinnern?“

Sie wühlte in ihrer Tasche herum, fand ihr Smartphone und wollte einmal mehr Scotts Foto vorzeigen.

Die Frau, eine ältere Aborigine, starrte sie entgeistert an und schüttelte den Kopf. „Es tut mir sehr leid wegen Ihres Freundes, aber wissen Sie, wie viele Leute hier jeden Tag hinkommen? Ich kann mir unmöglich die ganzen Gesichter merken.“

Sabrina fühlte Verzweiflung in sich aufsteigen. Zumindest hier hatte sie auf eine weitere Spur gehofft. Sie ließ die Schultern sinken und wagte einen letzten Versuch. „Könnten Sie nicht wenigstens einen Blick auf das Foto werfen?“

Die Frau seufzte, sie sah müde aus. „Okay, zeigen Sie her.“

Sie rückte die Brille auf der Nase zurecht und starrte auf das Foto. „Mhm, ich glaube, er ist wirklich hier gewesen. Ist er ein Fotograf?“

Sabrina nickte aufgeregt. „Ja, er ist in die Grampians gefahren, um hier Fotos für ein Magazin zu machen.“

„Genau. Das hat er mir erzählt. Jetzt erinnere ich mich wieder. Er kaufte eine Wanderkarte und nahm Infobroschüren mit. Außerdem wollte er wiederkommen, um eine Tour zu buchen. Mein Mann begleitet diese Ausflüge.“

Sabrinas Herz schlug schneller. „Und? Ist er wiedergekommen?“

Die Frau schüttelte den Kopf. „Nicht, dass ich wüsste.“

„Vielleicht könnten Sie Ihren Mann fragen? Es könnte doch sein, dass er mit ihm gesprochen hat.“

Ein Schatten hatte sich auf das Gesicht der Frau gelegt. „Mein Mann liegt im Krankenhaus. Er hatte einen Herzinfarkt. Es passierte ein paar Stunden, nachdem Ihr Freund hier war.“

„Oh Gott, das tut mir leid.“ Betroffen blickte Sabrina die andere Frau an. „Ich hoffe, es geht ihm inzwischen wieder besser?“

„Ja, es geht. Hören Sie, ich muss jetzt leider weitermachen. Ich glaube, Ihr Freund wollte von hier aus zum McKenzie Wasserfall. Mehr kann ich Ihnen leider auch nicht sagen."

Sabrina hätte gerne noch länger mit der Frau geredet, aber hinter ihr hatte sich bereits eine Schlange gebildet. Immerhin wusste sie nun, wohin sie als nächstes fahren würde – zum McKenzie Wasserfall. Sie kaufte noch schnell die gleiche Wanderkarte, die Scott hier erstanden hatte und wollte das Gebäude gerade verlassen, als die Aborigine sie noch einmal zurückrief.

„Misses? Mir ist doch noch etwas eingefallen."

Sabrina stürzte zurück zum Verkaufstresen. „Was denn?"

„Bevor Ihr Freund ging, fragte er mich, ob ich ihm eine gute Unterkunft in den Grampians empfehlen könnte. Ich hatte ihm gesagt, er solle es mal in der Nature Lodge versuchen. Die ist ziemlich beliebt bei den Leuten."

„Nature Lodge", wiederholte Sabrina. „Wo finde ich die?"

Die Frau drückte ihr einen Flyer der Lodge in die Hand und sah sie aufmunternd an. „Keine Ahnung, ob er wirklich dort hingefahren ist. Aber Sie können ja nachfragen. Viel Glück!"

Dankbar presste Sabrina den Flyer an ihre Brust und verließ das Visitor Center. Bis zum Parkplatz des McKenzie Wasserfalls war es nicht weit. Unterwegs kaufte Sabrina noch ein Sandwich und ein paar Flaschen Wasser. Im Auto lief die Klimaanlage, und es war angenehm kühl. Aber sobald sie ausstieg, umfing sie die Hitze des australischen Sommers mit aller Macht. Auf dem Wanderweg zum Wasserfall waren jede Menge Touristen unterwegs. Zwei Australier sprachen sie an und wunderten sich, dass sie alleine unterwegs sei.

„Machst du work and travel?“, fragten sie. Sabrina schüttelte lächelnd den Kopf und antwortete ausweichend. Sie wollte nicht jedem erzählen, dass Scott verschwunden war und sie ihn suchte. Die beiden hier konnten ihr ohnehin nicht weiterhelfen. Nachdem sich die fremde Touristin offenkundig nicht mit ihnen unterhalten wollte, zuckten die Männer die Schultern und setzten ihren Weg fort.

Am Wasserfall angekommen, lehnte sich Sabrina an einen Felsen und sah sich um. Es war die perfekte Szenerie für ein Foto – aber es waren zu viele Menschen da. Sie wusste, dass Scott zu dieser Zeit niemals fotografiert hätte. Er brauchte Fotos, in denen sich die volle Schönheit der Natur widerspiegelte. Dickbäuchige Touristen in Flipflops und bunten T-Shirts würden alles kaputt machen.

*Also hast du hier gewartet, bis alle weg waren, Scott?* Noch einmal scannte Sabrina die Umgebung. Hatte sich ihr Freund irgendwo zu einem Nickerchen niedergelassen und war dabei von einer Schlange oder einer Spinne gebissen worden? Sie wusste, dass hier Tiere lebten, deren Bisse tödlich waren. Trotz der Hitze lief ihr ein kalter Schauer über den Rücken, als sie daran dachte, dass Scott vielleicht nur ein paar Meter von ihr entfernt, tot hinter einem Felsen liegen könnte. Trotzdem brauchte sie Gewissheit.

Den neugierigen Blicken der Touristen zum Trotz durchforstete sie in den nächsten Stunden das komplette Gelände rund um den Wasserfall. Sie sah hinter jeden Strauch, Baum und Felsen. Nichts.

Erschöpft gab sie am späten Nachmittag auf. Sie hatte ihren Wasservorrat aufgebraucht, war durstig, hungrig und müde. Sie lief zurück zum Auto, tippte die Adresse der Nature Lodge ins Navi und fuhr los. Eine halbe Stunde später hatte sie ihr Ziel erreicht. Sie bog auf einen geschotterten Privatweg ab und folgte ihm ein paar Kilometer weit in die Wildnis. Unterwegs entdeckte sie drei Kängurus und ein Wallaby. Weit und breit war kein Mensch zu sehen. Als sie schon glaubte, dass nun ganz bestimmt nichts mehr käme, tauchten einige kleine Hütten und ein größeres Haus auf einer Anhöhe vor ihr auf. Über dem Eingang des Haupthauses thronte ein Schild mit der Aufschrift „Nature Lodge".

Sabrina atmete auf. Sie konnte es kaum erwarten, unter die Dusche zu gehen und ein kaltes Bier zu trinken. Der Eingangsbereich der Lodge war mit wuchtigen Möbeln im Wildweststil eingerichtet. Eine Klimaanlage sorgte für angenehme Kühle. Die Loungemusik, die leise im Hintergrund lief, schien eher zu einem teuren Hotel in Florida zu passen, als hierher in die Wildnis. Während Sabrina sich noch umschaute, erschien eine teuer gekleidete, junge Frau hinter der Rezeption und lächelte sie an.

„Willkommen in der Nature Lodge. Wie kann ich Ihnen helfen?"

Kurz überlegte Sabrina, ob sie sich dieses noble Etablissement überhaupt leisten konnte. Wenn nicht, würde sie zumindest nach Scott fragen und sich dann eine preiswertere Unterkunft suchen.

„Haben Sie noch ein Zimmer für heute Nacht frei?"

Das Mädchen riss die Augen auf. „Sie haben nicht reserviert?"

Sabrina schüttelte den Kopf.

„Dann brauche ich gar nicht erst nachsehen. Wir sind in der Hauptsaison immer schon Monate im Voraus ausgebucht. Es tut mir leid.“

*Es wäre ja auch zu schön gewesen.* Resigniert ließ Sabrina die Schultern sinken. So schnell würde also nichts aus dem Duschen. Sie wollte gerade ihr Handy aus der Tasche holen, um das Foto von Scott zu zeigen, als sie hinter sich eine Bewegung wahrnahm. Ein Mann war von draußen in die Lobby getreten und stand nun hinter ihr. Er hätte direkt aus einem Indiana Jones-Film entsprungen sein können. Seine Haut war sonnengebräunt, sein Körper durchtrainiert. Er trug eine verwaschene Jeans, darüber ein Khakihemd und hielt einen Lederhut in den Händen. Das Auffallendste aber waren seine saphirblauen Augen. Er musterte Sabrina mit dem Selbstbewusstsein eines Mannes, der immer genau das zu bekommen schien, was er haben wollte.

Nach einer gefühlten Ewigkeit verzog er seinen Mund zu einem schiefen Grinsen und nickte Sabrina zu.

„Guten Tag, Lady. Sie möchten einchecken?“

Sabrina hatte weiche Knie bekommen. Das musste wohl noch am Jetlag liegen, schoss es ihr kurz durch den Kopf. Gleichzeitig fiel ihr ein, wie sie aussehen musste. Verschwitzt, erschöpft, ungekämmt. Der Kerl machte sie nervös.

„Das wollte ich, aber leider ist alles belegt“, antwortete sie ihm.

„Ist das wahr, Sally?“, wandte er sich an das Mädchen. „Ich glaube, die Gold Cabin ist noch frei. Gib ihr den Schlüssel.“

Sally riss Mund und Augen auf. Aber der Tonfall des

Mannes hatte keinen Zweifel daran gelassen, dass er meinte, was er sagte.

„Okay, Chef", hauchte das Mädchen und öffnete eine Schublade, um ein Anmeldeformular herauszusuchen.

Sabrina fühlte sich unwohl. Was ging hier vor? Der Mann war offenbar der Besitzer der Nature Lodge. Hatte er ihr gerade die Super-Suite seines Hotels angeboten? Die würde sie sich garantiert nicht leisten können.

„Das ist super-nett von ihnen", wandte sie sich an den Chef. „Aber erst muss ich wissen, was die Übernachtung kostet. Leider hab ich nicht im Lotto gewonnen."

Der Mann streckte ihr seine Hand entgegen. „Ich bin Trevor. Mir gehört der Laden hier."

Sabrina schüttelte ihm die Hand. „Mein Name ist Sabrina. Schön, Sie kennenzulernen." Sie lächelte unbehaglich, er hatte ihre Frage gar nicht beantwortet.

Trevor hielt ihre Hand länger als üblich und sah ihr geradewegs in die Augen. „Sie sind keine Australierin. Woher kommen Sie, Sabrina?"

„Ursprünglich aus Deutschland. Aber ich lebe seit kurzem in New York City."

Trevor pfiff durch die Zähne. „Dann sind Sie wohl eine Weltenbummlerin. Das gefällt mir. Sie werden sich bei uns sicher wohlfühlen. Australien ist ein großartiges Land. Und meine Lodge ist der beste Platz in der Welt."

„Das glaube ich gerne. Aber ich fürchte wirklich, dass die Übernachtung hier zu teuer für mich ist."

Trevor winkte ab. „Machen Sie sich keine Sorgen. Geld spielt für mich keine Rolle. Ich habe das Gefühl, dass es wichtig für Sie ist, heute hierzubleiben. Die Hütte ist noch frei. Also wo ist das Problem? Über den Preis werden wir uns noch einig."

Er zwinkerte ihr zu, und Sabrina fühlte sich noch eine Spur mehr verunsichert. Der Typ dachte hoffentlich nicht daran, dass sie als Gegenleistung für die Übernachtung mit ihm ins Bett ginge. Besser, sie würde schnell hier verschwinden und sich eine andere Unterkunft suchen.

„Das ist wirklich ein tolles Angebot, aber ich fürchte …."

Trevor hob abwehrend die Hände und lachte. „He Sabrina, denken Sie etwa, das sei ein unmoralisches Angebot?"

Sie schluckte und wusste nicht, was sie antworten sollte.

„Ich verspreche Ihnen, dass Ihnen hier nichts geschehen wird, was sie nicht wollen. Wenn es Ihnen bei uns nicht gefällt, reisen Sie morgen früh wieder ab. Also, wie sieht's aus?"

Sabrina fühlte sich überrumpelt, am liebsten wäre sie weitergefahren. Aber vielleicht war sie auch einfach mal wieder zu misstrauisch. Hatte sie nicht überall gehört, dass die Australier so ein herzliches und gastfreundliches Volk seien? Sie gab sich einen Ruck und beschloss, ihre Vorbehalte für heute über Bord zu werfen.

„Okay, dann bleibe ich. Vielen, vielen Dank für Ihr großzügiges Angebot."

„Kein Ding", entgegnete Trevor. „Sally wird Ihnen alles zeigen, und wir sehen uns eventuell nachher nochmal."

Wenig später folgte Sabrina der Angestellten über einen steinigen Pfad, der an mehreren, hübschen Cottages entlangführte, die sich auf dem Gelände verteilten.

Tatsächlich schienen alle Häuser belegt zu sein. Einige Urlauber hatten bereits die Grills angeworfen, der auf jeder Veranda standen. Sally folgte ihrem Blick und lächelte.

„Sie werden sicher Hunger haben. Wir haben ein kleines Restaurant im Haupthaus, wo sie essen können. Es öffnet allerdings erst um sieben."

Sabrina sah auf ihre Armbanduhr. Es war erst sechs Uhr, dann hatte sie genügend Zeit, um sich frisch zu machen und ein wenig auszuruhen. Hinter dem Hüttendorf machte der Weg einen Bogen und führte durch ein kleines Eukalyptuswäldchen auf eine Anhöhe. Dort stand eine etwas größere Hütte.

„Das ist unsere Gold Cabin", erklärte Sally und blieb einen Moment stehen. „Sie wird normalerweise nur an gute Freunde von Mr. Finch vermietet. Oder an sehr reiche Gäste."

Sofort fragte sich Sabrina, ob sie nicht doch einen Fehler begangen hatte. Aber jetzt war es zu spät. Die Gold Cabin gehörte zumindest in dieser Nacht ihr allein.

Nachdem sie den Hügel erklommen und die Hütte erreicht hatten, verharrte Sabrina einen Augenblick auf der Veranda und sah sich um. Der Ausblick war einzigartig. Rundherum waren nur Wälder, von der Sonne ausgedörrte Schafweiden und der weite Himmel über den Grampians zu sehen. Hier oben konnte man das Gefühl bekommen, der einzige Mensch auf Erden zu sein.

„Wow", hauchte Sabrina. „Es ist wunderschön."

„Dann müssen Sie es sich erstmal von innen ansehen", antwortet Sally und steckte den Schlüssel ins Türschloss. Jetzt wusste Sabrina, warum die Hütte Gold Cabin hieß. Die minimalistische Einrichtung war mehr oder weniger in den Farben Weiß und Gold gehalten. Die Holzwände waren in einem matten Weißton gestrichen, das riesige Ledersofa leuchtete in denselben warmen Goldfarben wie der Teppichboden, die Kunstwerke, die Kissen auf dem Kingsizebett und die Armaturen im ultramodernen Badezimmer. Überhaupt das Bad. Wellnesstempel wäre wohl das bessere Wort dafür, dachte Sabrina. Neben der geräumigen Regenwalddusche gab es sogar noch einen Whirlpool, von dem aus man aus bodentiefen Fenstern hinaus in die Wildnis schauen konnte.

„Soll ich Ihnen schon mal das Bad einlassen und ein wenig Musik dazu anmachen?", fragte Sally.

Sabrina strahlte. „Das wäre fantastisch, Sally. Vielen Dank."

Während sich Sally im Bad zu schaffen machte, trug Sabrina ihre Tasche hinein.

„Kalte Getränke sind im Kühlschrank", rief Sally. „Und wenn Sie noch irgendetwas brauchen, rufen Sie mich einfach an der Rezeption an. Hier ist übrigens noch eine Taschenlampe. Die sollten Sie mitnehmen, wenn Sie später zum Essen herüberkommen – für den Rückweg."

Nachdem Sally gegangen war, öffnete Sabrina eine Dose Bier und trank gierig die ersten, eiskalten Schlucke. Dann zog sie sich aus, nahm die Dose mit ins Bad und ließ sich in den blubbernden Whirlpool sinken. Sie schloss die Augen, tauchte einmal ganz unter Wasser und fühlte, wie sich ihre Glieder langsam entspannten. Mit einem Prusten kam sie wieder hoch, trank ihr Bier aus und sah zu, wie die Sonne den Himmel in ein blutrotes Szenario verwandelte. Die Schatten auf den endlosen Weiden wurden länger. Bis zur Dämmerung würde es nicht mehr lange dauern.

Wenn sie nicht so hungrig wäre, hätte sie endlos in ihrem feudalen Pool liegen können. Genussvoll sog die den Duft des parfümierten Badewassers in sich auf. Auf dem Waschtisch hatte sie teure Designerlotionen entdeckt. Ob sie die nehmen durfte? Aber dafür standen sie ja dort, und jetzt war sowieso schon alles egal. Sie wusste, dass sie den normalen Preis für diese Superhütte ohnehin niemals zahlen könnte, ohne einen Kredit dafür aufzunehmen.

Mit einem Seufzer erhob sich Sabrina aus dem Wasser, trocknete sich ab und cremte ihren Körper mit einer herrlich cremigen Bodymilk ein. Die Musik von Whitney Houston erfüllte das Bad. „I will always love you ...“. Der Titelsong aus Bodyguard, eines von ihren Lieblingsliedern.

Sie trocknete sich das Haar, legte ein leichtes Make-up auf und zog sich ein Kleid an. Wenn sie schon in einer First Class-Hütte schlief, wollte sie auch standesgemäß zum Essen gehen. Als sie ins Wohnzimmer kam, sah sie, dass der Anrufbeantworter des Telefons blinkte. Hatte die Taste vorhin auch schon geleuchtet? Sabrina konnte sich nicht erinnern. Sie drückte die Wiedergabe-Taste und hörte Sallys Stimme.

„Hallo Sabrina. Mr. Finch würde gerne heute mit Ihnen zu Abend essen. Er erwartet Sie um halb acht in unserem Restaurant.“

## Scott

Er lag auf dem Boden und starrte ins Nichts. Um ihn herum erstreckte sich eine endlose Sandwüste ohne Anfang und Ende. Die Sonne brannte und hatte die Temperatur auf Backofenhitze aufgeheizt. Seine Lippen waren aufgesprungen. Und er hatte Durst, so unwahrscheinlich großen Durst. Es war einfach unerträglich, er musste etwas trinken.

Scott schlug die Augen auf. Er lag nicht in der Wüste, sondern in einem Bett. Aber es war ungefähr genauso heiß wie in seinem Traum, und er lechzte nach etwas zu trinken. Scott sah sich um. Er war allein in einem Zimmer, das ihm vage bekannt vorkam. Der Raum maß vielleicht vier Mal vier Meter und und war lediglich mit einem Schrank, dem Bett und einem Nachtschränkchen eingerichtet. Auf dem Schränkchen stand eine Plastikflasche Wasser. Gierig wollte Scott danach greifen, als er merkte, dass seine Hände mit Kabelbinder aneinandergefesselt waren.

„Shit!". Ungläubig betrachtete Scott seine Hände, und sah, dass auch seine Füße ans Bett gefesselt waren. Immerhin gelang es ihm, die Plastikflasche mit beiden Händen zu greifen und zu öffnen. Das Wasser schmeckte warm, aber das war ihm egal. Er trank es bis zum letzten Tropfen aus und fühlte sich gleich etwas besser.

In was war er hier nur hineingeraten? Er erinnerte sich daran, dass er den Wasserfall fotografiert hatte und erst in der Dämmerung zu seinem Auto zurückgekehrt war. Irgendwas war mit seinem Auto gewesen. Hatte ihn jemand überfallen, gekidnappt?

Weder er selbst noch seine Familie in den USA hatten besonders viel Geld. Da hatten die Entführer wohl Pech gehabt. Vielleicht waren es einfach irgendwelche Drogenjunkies gewesen, die sich nun mithilfe seiner Kreditkarte neuen Stoff besorgten. Wie spät war es überhaupt?

Scott sah auf sein Handgelenk. Seine Armbanduhr war weg. Er seufzte. Er hatte jedes Zeitgefühl verloren. War es gestern Abend gewesen, dass sie ihn hierher geschafft hatten? Er musste so schnell wie möglich versuchen, von hier zu verschwinden. Wenn nur diese furchtbaren Kopfschmerzen nicht wären. Außerdem fühlte er sich schlapp, hatte Hunger. Ungeduldig riss er an seinen Fesseln. Aber es war sinnlos, die würde er nicht aufkriegen. Scott hoffte, dass die Typen, die ihn hierher gebracht hatten, bald zurückkämen. Irgendwie würde er sie schon davon überzeugen, ihn laufen zu lassen.

Und wenn sie nun gar nicht zurückkämen? Scott versuchte, nicht an diese Möglichkeit zu denken. Er richtete sich soweit wie möglich auf der schmalen Pritsche auf, um einen Blick aus dem Fenster zu erhaschen. Er sah nur Bäume und einen blauen Himmel. Ob er immer noch in den Grampians war?

In ein paar Tagen würde Sabrina nach Melbourne kommen. Wahrscheinlich würde sie sich schon Sorgen um ihn machen. Andererseits hatte er ihr erst gestern gesagt, dass er in den Grampians vielleicht keine Internetverbindung hätte und sich erst in ein paar Tagen melden würde.

Scott schloss die Augen und dachte an Sabrina. Gut, dass sie nicht gleich mit nach Australien gekommen war.

Wer weiß, was die Typen mit ihr angestellt hätten? Seitdem er Sabrina kennengelernt hatte, war sie das Wichtigste in seinem Leben geworden. Er konnte sich ein Dasein ohne sie gar nicht mehr vorstellen. Ein warmes Gefühl breitete sich in ihm aus, als er an ihre letzte Woche auf Island dachte. Sie hatten jede Minute ihrer Zweisamkeit genossen, sich jeden Tag geliebt, im jeweils anderen ihren Seelenpartner entdeckt. Ohne zu zögern hatte Sabrina ihr altes Leben hinter sich gelassen und war zu ihm nach New York gezogen. Schon jetzt vermisste Scott ihr Lachen, ihre Art, sich zärtlich an ihn zu schmiegen, ihre Lockenpracht, die er morgens als Erstes neben sich sah, wenn er die Augen aufschlug.

Sabrinas Bild verblasste, und Scott spürte kalte Wut in sich aufsteigen. Wer immer es gewagt hatte, sich hier zwischen ihn und Sabrina zu stellen, würde es mit ihm zu tun bekommen. Er wollte sein altes Leben zurück. Er würde kämpfen. Und er würde hier herauskommen. Scott öffnete den Mund und stieß einen markerschütternden Schrei aus. Er klang wie das Brüllen eines Löwen.

## Sabrina

Warmes Kerzenlicht verlieh dem Restaurant der Nature Lodge ein romantisches Ambiente. Von den acht Tischen waren nur zwei belegt, an einem von ihnen saß Trevor und wartete auf Sabrina. Er trug jetzt ein weißes Hemd und hatte offensichtlich gerade erst geduscht. Sein Haar war noch feucht, und sie roch sein After Shave, als er sich von seinem Stuhl erhob, um sie zu begrüßen.

Seine Augen leuchteten auf, als er sie ansah. „Schön, dass Sie mit mir essen, Sabrina. Eine so charmante Begleitung habe ich sonst nie."

Sabrina spürte, dass sie errötete. „Danke für die Einladung. Ich habe wirklich einen Bärenhunger."

Trevor lachte. „Na dann kann ich Ihnen unser Filet Mignon empfehlen. Dazu einen großen Salat und Pommes de terres. Einverstanden?"

Sabrina nickte. Ihr war alles recht, Hauptsache, sie bekam etwas zu essen."

Trevor hatte inzwischen zu einer Weinflasche gegriffen und schenkte ihr ein Glas Rotwein ein. „Ich habe mir erlaubt, schon mal eine Flasche von unserem Rothschild zu öffnen. Ich hoffe, Sie mögen ihn. Wenn nicht, bestellen Sie sich einfach einen anderen. Aber probieren sollten Sie ihn auf jeden Fall einmal."

Sally kam an ihren Tisch, nahm die Bestellung auf und verschwand wieder. Trevor hob sein Glas und prostete ihr zu. „Willkommen auf der Nature Lodge!"

Sabrina stieß mit ihm an und kostete von dem tiefroten Wein, der sicherlich zu den Sorten im Regal gehörte, um die sie wegen der Preise immer einen großen Bogen machte. Er schmeckte köstlich. Aber ohne Nahrung im Magen merkte sie, dass ihr der Alkohol sofort ins Blut schoß. Sie musste vorsichtig sein.

„So, und jetzt bin ich gespannt auf Ihre Geschichte!“ Trevors Augen funkelten, als er sich auf seinem Stuhl zurücklehnte und sie ansah.

„Meine Geschichte?“

„Nun ja, was macht eine junge, schöne Frau aus Deutschland so ganz alleine bei uns in der Wildnis? Ich bin überzeugt, dass eine spannende Story dahinter steckt. Und auf die bin ich neugierig.“

Ganz schön direkt, aber so sind die Australier wohl, dachte Sabrina. Andererseits hatte sie hier sowieso nach Scott fragen wollen. Also könnte sie Trevor auch gleich die ganze Geschichte erzählen, warum sie hier war. Als sie geendet hatte, starrte er sie betroffen an.

„Shit. Mit so etwas hätte ich nun nicht gerechnet. Das ist ja furchtbar. Wie lange ist Ihr Freund schon verschwunden?“

„Ich habe vor sieben Tagen zuletzt mit ihm gesprochen. Da war er in Port Campbell und wollte am nächsten Tag in die Grampians fahren. Allerdings wusste er nicht, ob er hier Internetempfang hat.“ Sabrina schluckte. Je öfter sie das Ganze wiederholte, umso auswegloser kam ihr die ganze Situation vor.

„Seine letzte Spur habe ich im Brambuk Visitor Center gefunden. Von dort wollte er zum McKenzie Wasserfall. Die Dame im Verkaufsraum hatte ihm zum Übernachten ihre Lodge empfohlen.“

Trevors Augen weiteten sich. „Haben Sie ein Foto von ihm?“

Sabrina kramte ihr Handy hervor und zeigte es ihm. Bedächtig schüttelte er den Kopf. „Nie gesehen." Er rief nach Sally und zeigte ihr ebenfalls das Foto. „Hast du diesen Mann schon mal gesehen? Ist er kürzlich hier gewesen?"

Sie verneinte ebenfalls. Sabrina sank in sich zusammen. Irgendwie hatte sie schon geahnt, dass sie Scott hier nicht finden würde.

„Was haben Sie jetzt vor?", fragte Trevor.

„Ich werde ihn suchen. Irgendetwas muss ich tun. Ich kann mich doch nicht an den Strand legen und einfach abwarten. Da würde ich verrückt werden."

Sally brachte das Essen, und eine Zeitlang sprach niemand von ihnen ein Wort. Es war das beste Filet Mignon, das Sabrina jemals gegessen hatte. Und so bizarr die ganze Situation auch war, sie hatte Hunger und genoss jeden Bissen. Trevor aß ein T-Bone-Steak und warf ihr einen amüsierten Blick zu.

„Freut mich, dass meine Empfehlung Ihnen zu schmecken scheint."

„Das Filet ist himmlisch. Und Sie wissen gar nicht, was ich für einen Hunger hatte."

Er lachte und nahm einen Schluck Rotwein. „Ich bin froh, dass Sie heute hierher gekommen sind, Sabrina. Ich mag Sie. Und ich möchte Ihnen gerne helfen. Sie können unmöglich alleine durch die Grampians rennen und nach Ihrem Freund suchen."

Sabrina wollte dagegenhalten, doch Trevor hob beschwichtigend die Hand. „Das Gebiet ist riesig und die Wildnis teilweise undurchdringlich. Es gibt gefährliche Schlangen und Spinnen, deren Bisse tödlich sind.

Außerdem kennen Sie sich hier überhaupt nicht aus. Es wäre Wahnsinn, alleine loszuziehen."

„Das hat der Polizist in Melbourne auch schon gesagt", entgegnete Sabrina. „Aber trotzdem, ich muss etwas unternehmen."

„Der Polizist hat Recht. Ich mache Ihnen einen Vorschlag. Wir fliegen morgen von hier aus kreuz und quer über die Grampians, vielleicht können wir sein Auto von oben entdecken."

„Sie haben ein Flugzeug?"

Trevor grinste. „Eine Cessna. Sie steht drüben in der Garage. Und eine kleine Startbahn haben wir auch. Unserem Rundflug steht also nichts im Wege."

Er hob sein Glas und stieß mit Sabrina an. „Auf unseren Ausflug!"

„Und dass wir Scott finden werden", entgegnete Sabrina.

Ihr fielen vor Müdigkeit fast die Augen zu. „Sie sehen aus, als würden Sie anstelle eines Desserts lieber ins Bett gehen", stellte Trevor bedauernd fest.

„Ja, es tut mir leid. Das Essen war fantastisch. Aber ich bin fix und fertig."

„Kein Problem. Kommen Sie, ich bringe Sie zu Ihrer Hütte. Nicht, dass Sie unterwegs noch über ein Känguru stolpern."

Sabrina hatte angenommen, dass es sich dabei um einen Witz handeln würde, aber als sie an Trevors Arm durch die warme Nacht ging, sah sie tatsächlich etliche Kängurus im Schein der Taschenlampe am Boden liegen.

„Sind die immer hier?"

„Es ist ihr Zuhause. Aber Sie brauchen sich nicht zu

fürchten. Die meisten sind harmlos. Nur vor den großen Männchen würde ich mich in acht nehmen. Mit ihnen ist nicht zu spaßen."

„Oh, danke für den Tipp. Die sehen ja auch wirklich ... beeindruckend aus."

Gerade hatte sich ein Känguru vor ihnen aufgerichtet. Es war beinahe genauso groß wie sie. Wortlos machten sie einen Bogen um das Tier. Sabrina war froh, dass sie nicht alleine zu ihrer Hütte gehen musste. Mit Trevor an ihrer Seite fühlte sie sich sicher.

An ihrem Haus angekommen, schloss sie die Tür auf, machte das Licht an und wandte sich zu ihrem Begleiter um. „Vielen Dank für den schönen Abend, für das Essen, das Nach-Hause-Bringen – einfach für alles. Ich weiß gar nicht, was ich ohne Sie machen würde."

Trevor winkte ab. „Schon gut, Sie brauchen sich nicht zu bedanken. Schlafen Sie gut, Sabrina. Wir sehen uns morgen um neun an der Startbahn. Sally wird Sie hinbringen. Schlafen Sie gut."

Ehe sie antworten konnte, hatte er sich umgedreht und war in der Dunkelheit verschwunden.

Aufatmend ging Sabrina ins Schlafzimmer und zog sich aus. Sie war froh, dass Trevor keinerlei Annäherungsversuche unternommen hatte. Er war ein ziemlich attraktiver Typ. Mit seinem Aussehen und seiner Art müssten ihm die Frauen eigentlich scharenweise hinterherrennen. Sie hatte ganz vergessen, ihn nach Mrs. Finch zu fragen. Aber das würde sich morgen sicher nachholen lassen. Erst als sie schon im Bett lag, schaute Sabrina noch einmal auf ihr Handy. Sie hatte gehofft, dass sich die Polizei in Melbourne melden würde. Stattdessen hatte ihr Nick eine whatsapp-Nachricht geschickt.

*Hi Sabrina, hast du inzwischen etwas von Scott gehört? Bitte melde dich!!! Du kannst mich immer anrufen!!! Nick*

Sabrina lächelte. Nick war wirklich eine treue Seele. Sie drückte auf Anrufen und hatte ihn Sekunden später am Apparat.

„Er ist immer noch nicht aufgetaucht?“, war seine erste Frage.

„Nein. Aber ich bin jetzt in den Grampians. Und ich werde alles tun, um ihn zu finden.“

Sie erzählte ihm, was sich zugetragen hatte, und dass sie morgen mit Trevor einen Rundflug über das gesamte Gebiet starten würde. „Vielleicht können wir sein Auto von oben sehen. Schließlich kann er doch nicht einfach komplett vom Erdboden verschwunden sein.“

„Wie heißt der Typ nochmal? Trevor Finch?“

Sabrina hörte, wie Nick etwas in seinen PC eingab.

„Ja. Warum? Jetzt sag mir nicht, dass du ihn gerade googelst!“

„Ich mache mir sowieso schon Sorgen um dich. Da muss ich wenigstens wissen, mit was für einem Menschen du morgen in ein Flugzeug steigst. Außerdem habe ich andere Möglichkeiten als Google.“

„Nick, du bist nicht bei der CIA. Und glaub mir, ich würde bestimmt nicht bei jedem x-Beliebigen in den Flieger klettern.“

Nick antwortete nicht gleich. Sie vermutete, dass er sich durch das Leben von Trevor wühlte und wollte das

Gespräch gerade beenden, als er sich räusperte.

„Er scheint sauber zu sein. Keine Straftaten und Skandale. Allerdings scheint er die Öffentlichkeit zu meiden."

„Na, das ist immerhin kein Verbrechen. Nick, ich bin todmüde. Ich rufe dich morgen Abend wieder an. Drück die Daumen, dass wir Scott finden. Gute Nacht."

Sie legte auf und war Minuten später eingeschlafen.

Am nächsten Morgen waren die Kängurus vor ihrer Hütte verschwunden. Obwohl es noch früh war, brannte die Sonne schon heiß vom Himmel. Sabrina zog sich Shorts und ein T-Shirt an, schmierte sich mit Sonnencreme ein und ging zum Frühstück. Pünktlich um neun Uhr brachte Sally sie zu einer kleinen Startbahn, die versteckt hinter den Cottages lag. Trevor hatte sein Flugzeug aus dem Schuppen geholt und überprüfte gerade die Reifen auf ihren Luftdruck.

„Guten Morgen. Wie war die erste Nacht in unserer Golden Cabin?"

„Bestens. Ich habe geschlafen wie ein Murmeltier", antwortet Sabrina.

„Ich geh' dann mal wieder. Viel Glück bei der Suche", verabschiedete Sally sich.

Trevor öffnete die Tür zur Flugzeugkabine und bedeutete Sabrina einzusteigen.

„Alles in Ordnung. Wir können los."

Wenig später warf er den Motor an und sie rollten über die staubige Piste. Das Flugzeug nahm Fahrt auf und hob vom Boden ab. Trevor flog in einer Schleife über sein Anwesen, während sich die Cessna immer höher in die Lüfte schraubte.

„Haben Sie schon lange einen Flugschein?“, fragte Sabrina, die noch nie in einer so kleinen Maschine gesessen hatte.

„Angst?“, konterte Trevor mit einer Gegenfrage und zwinkerte ihr zu.

„Keine Sorge, ich fliege schon mehr als zehn Jahre, und bis jetzt ist es immer gut gegangen.

Kurze Zeit später flogen sie über Brambuk und den McKenzie Wasserfall und dann immer tiefer in die Grampians hinein. Unter ihnen dehnten sich scheinbar endlose Wälder und bizarr geformte Felsen. Da, wo vor einigen Jahren das Buschfeuer gewütet hatte und die Bäume noch nicht so hoch nachgewachsen waren, sahen sie manchmal Kängurus hüpfen. Sabrina staunte über die Schönheit dieser Gegend, doch richtig genießen konnte sie sie nicht.

Angestrengt starrte sie in die Tiefe, observierte jeden Quadratmeter des Geländes auf der Suche nach Scotts Auto. Er hatte einen weißen Mitsubishi gemietet. Ein solches Auto sollte aus dem Grün der Bäume eigentlich herausleuchten. Trevor flog extra tief, damit Sabrina besser sehen konnte. Zweimal bat sie ihn, eine Schleife zu fliegen, weil sie glaubte, etwas gesehen zu haben. Letztendlich erwies es sich jedoch immer wieder als Irrtum.

Gegen Mittag legten sie eine Pause auf einem kleinen Flughafen am anderen Ende der Grampians ein. Trevor tankte die Maschine, und anschließend setzten sie sich nebeneinander auf eine Bank in den Schatten, aßen pappige Sandwiches und tranken Cola dazu. Sabrina kaute niedergeschlagen auf ihrem Brot herum. Ihre Hoffnung,

Scott zu finden, war auf einmal ins Bodenlose gesunken. Trevor betrachtete sie nachdenklich und legte seine Hand auf ihre Schulter. „Kommen Sie Sabrina, lassen Sie den Kopf nicht hängen. Wir haben noch nicht alles abgeflogen. Vielleicht entdecken wir den Wagen heute Nachmittag."

„Und wenn nicht?" Sabrina ließ ihren Sandwich sinken und sah ihn an.

„Sie opfern Ihre Zeit, um mir zu helfen, und ich weiß sowieso nicht, wie ich das alles je bezahlen soll. Und dann führt es auch noch alles zu nichts. Ich komme mir vor wie in einem Alptraum."

Trevor legte den Arm um sie und zog sie an sich. „Gib jetzt nicht den Mut auf. Wenn das Auto noch in den Grampians ist, werden wir es auch finden. Und über Geld mach dir schon mal gar keine Sorgen."

Dann ließ er sie wieder los, rückte ein Stück von ihr ab und biss erneut in sein Sandwich. Sabrina atmete tief durch.

„Danke, Trevor. Für deine Hilfe und einfach für alles. Ich wüsste nicht, was ich ohne dich tun würde."

Trevor lachte. „Vielleicht etwas anderes essen, als dieses schreckliche Zeug hier. Komm, lass uns noch ein paar Schritte laufen, bevor wir weiterfliegen. Ich muss mir die Beine vertreten."

Kurze Zeit später verließen sie den Flughafen und setzten die Suche fort. Erst als es schon fast dunkel war, flogen sie zurück nach Hause. Einen weißen Mitsubishi hatten sie nicht gefunden.

Nachdem sie auf der Nature Lodge gelandet waren, half Sabrina, das Flugzeug in den Schuppen zu rollen. Trevor schloss ihn ab, und gemeinsam schlenderten sie zum Haupthaus hinüber. Bis auf eine kleine Notbeleuchtung über der Tür war alles dunkel.

„Nanu, ist heute gar kein Restaurantbetrieb?“, wunderte sich Sabrina.

„Nein, heute ist Ruhetag. Sally und der Koch hatten nach dem Frühstück frei, sie sind morgen wieder da.“

Sabrina dachte mit Schrecken daran, dass sich im Kühlschrank ihrer Hütte nur Getränke befanden. Außer dem ekligen Sandwich von mittags hatte sie nichts gegessen. Ihr knurrte der Magen. Doch mitten in der Wildnis würde sie hier wohl nichts zu essen bekommen. Sie ärgerte sich, dass sie nicht wenigstens ein paar Kekse im Flughafenshop gekauft hatte.

„Ich bin zwar kein Meisterkoch, aber darf ich dich vielleicht zu einer Portion Spaghetti einladen?“, fragte Trevor. Er hatte wohl ihre Gedanken gelesen.

Sabrina strahlte ihn an. „Gerne. Ich liebe Spaghetti. Die würde ich mir jetzt auch kochen, wenn ich zu Hause wäre.“

„Na dann, komm mit“, grinste Trevor, öffnete die Haustür und ging mit ihr in den hinteren Teil des Gebäudes, in dem sich offenbar seine Privaträume befanden. Nachdem er eine weitere Tür aufgeschlossen hatte, gelangten sie in einen riesigen Raum, der das Wohnzimmer, einen Essbereich und eine offene Küche enthielt. Die Längsseite des Raumes war komplett verglast und öffnete den Blick auf einen beleuchteten Swimmingpool. Dahinter dehnte sich eine nun größtenteils verdorrte Wiese bis zum Waldrand.

„Wow. Das ist wirklich beeindruckend“, sagte Sabrina.

„Freut mich, dass es dir gefällt“, meinte Trevor und schob dabei die Terrassentür auf, die zum Pool führte. Sofort strömte warme Luft in den heruntergekühlten Raum. Das Zirpen der Grillen drang zu ihnen hinüber. „Hier sitze ich oft ganz alleine und gucke einfach nur nach draußen. Das ist besser als Fernsehen.“

„Kann ich verstehen.“ Sabrina ließ sich auf das bequeme Ledersofa sinken und sah zu, wie die Sonne farbenprächtig am Horizont versank.

Trevor verschwand in der Küche und kam mit zwei Gläsern kaltem Weißwein zurück. „Den haben wir uns jetzt verdient, war ein langer Tag.“

Sie prosteten sich zu und tranken einen großen Schluck vom Chardonnay.

„So, und jetzt gibt es Spaghetti“, versprach Trevor, setzte einen Topf Wasser auf und holte die Pasta und eine Pestosoße aus dem Schrank.

„Soll ich was helfen? Den Tisch decken oder so?“ Sabrina fiel es schwer, einfach nur dazusitzen und nichts zu tun.

„Das mache ich schon. Möchtest du auch einen Salat? Den habe ich hier nicht, aber wir könnten in der Hotelküche nachschauen. Da ist bestimmt noch welcher.“

Sabrina schüttelt den Kopf. „Nicht wegen mir. Ich bin mit Pasta völlig zufrieden.“

„Okay. Ich auch. Dann haben wir es gleich soweit.“

Wenig später standen die dampfenden Spaghetti auf dem Tisch, und Sabrina und Trevor machten sich darüber her, als hätten sie seit Tagen nichts zu essen gehabt.

„Puh, ich bin pappsatt“, schob Trevor seinen leeren Teller von sich fort und schielte zu Sabrina hinüber, die noch mit den letzten Nudeln kämpfte.

„Wie ich sehe, scheine ich ja deinen Geschmack getroffen zu haben.“

„Du bist ein super Koch. Ich habe viel zu viel gegessen“, stöhnte Sabrina und nahm einen Schluck Wein.

„Einen Espresso hinterher?“

„Gerne“. Sie räumten das Geschirr ab und nahmen ihren Espresso draußen am Pool ein.

„Es ist einfach herrlich hier“, sinnierte Sabrina. „Aber eines frage ich mich schon die ganze Zeit.“

„Und das wäre?“, fragte Trevor.

„Wo ist eigentlich Mrs. Finch?“

Trevor blickte amüsiert zu ihr herüber. „Die Frage musste ja kommen. Hat mich schon gewundert, dass du so lange damit gewartet hast.“

Sie sah ihn herausfordernd an. „Das war keine Antwort.“

Er schüttelte lächelnd den Kopf. „Es gibt keine Mrs. Finch. Natürlich hatte ich dann und wann eine Freundin oder mal eine kurze Affäre, aber die Richtige war nie aufgetaucht. Bis jetzt.“

Sabrina schluckte. Bis jetzt? Was meinte er damit? Bevor das Gespräch eine gefährliche Wendung nehmen könnte, sollte sie lieber schleunigst das Thema wechseln.

„Nun ja, dann wünsche ich dir viel Glück. Wie lange lebst du denn schon hier?“

„Seit vier Jahren. Da habe ich das Land hier gekauft und die Hütten bauen lassen. Ich wollte endlich ein richtiges Zuhause haben.“

„Hattest du das denn vorher nicht?“

Trevor schwieg einen Moment und starrte in den

Sternenhimmel.

„Nein. Ich stamme aus Sydney. Meine Eltern haben sich früh scheiden lassen, und ich komme aus, sagen wir mal, eher schwierigen Verhältnissen."

„Oh, das tut mir leid", antwortete Sabrina. „Aber immerhin hast du es doch echt zu etwas gebracht."

„Ja, das habe ich wohl", sagt Trevor leise.

„Womit hast du dein Geld verdient?"

„Mit allem Möglichen. Ich bin viel gereist. Durch Europa, die Vereinigten Staaten. Ich war jahrelang außer Landes. Aber letztendlich gefällt es mir in Australien am besten. Deswegen bin ich zurückgekehrt, war eine Zeit lang im Ölgeschäft, habe mit Immobilien gehandelt." Er lächelte ihr zu. „Und meistens habe ich dabei Glück gehabt."

„Na, das muss schon mehr als Glück gewesen sein", bemerkte Sabrina.

„Ich habe natürlich auch hart gearbeitet. Auf jeden Fall gehöre ich nicht zu denen, die ihr Moos von ihrem Papa bekommen haben."

Sabrina lachte. „Nee, so siehst du auch nicht aus."

„Was ist mit dir, Sabrina? Was machst du zu Hause?"

„Mmh", Sabrina räkelt sich auf ihrem Liegestuhl und nahm den letzten Schluck des süßen Espressos. „In Deutschland habe ich jahrelang in einer Bank gearbeitet. Bankkauffrau hatte ich eigentlich nur gelernt, weil meine Eltern das unbedingt wollten." Sie dachte daran zurück, wie unglücklich sie sich mit diesem Job all die Jahre gefühlt hatte und dass ihre Kündigung letztendlich dazu beigetragen hatte, dass sie nun ein komplett anderes Leben führte. „Als die Bank mir kündigte, ging ich für ein paar

Monate nach Island, um dort auf einem Reiterhof zu arbeiten. Ich wollte einfach den Kopf frei bekommen, mir klar werden, was ich mit meiner Zukunft anfangen wollte."

Trevor beobachtete sie still, während sie ihm von ihrem Leben in Berlin am anderen Ende der Welt erzählte. „Auf Island habe ich Scott kennengelernt. Er hat mir dazu geraten, meinen alten Traum von einem Kunststudium nicht einfach zu begraben. Tja, was soll ich sagen? Ich habe mich in ihn verliebt. Er hat mir sogar das Leben gerettet und schließlich bin ich ihm nach New York gefolgt und studiere dort nun Kunst."

„Eine abenteuerliche Geschichte mit Happy End", stellte Trevor fest.

„Ja", entgegnete Sabrina mit rauer Stimme und fühlte, wie ihr die Tränen über die Wangen liefen. „Bis jetzt war es so. Ich fühlte mich wie im siebten Himmel. Und nun ist Scott verschwunden."

Trevor griff ihre Hand und drückte sie. „Nur weil wir ihn heute nicht gefunden haben, heißt das nicht, dass er tot ist, Sabrina. Bitte, weine nicht. Du darfst die Hoffnung nicht aufgeben."

Sabrina nickte und versuchte, die Tränen herunterzuschlucken.

„Du bist echt ein toller Freund, Trevor. Ich wüsste nicht, was ich ohne dich tun würde."

„Hast du eigentlich nochmal mit der Polizei in Melbourne gesprochen?"

„Heute noch nicht. Aber sie wollten mich sofort informieren, wenn sie etwas herausfinden würden. Ich weiß nur nicht, ob sie sich wirklich so dahinterklemmen."

„Wie kommst du darauf?“

„Colin, der Polizist, mit dem ich gesprochen hatte, vermutet, dass Scott mit Absicht verschwunden ist. Er glaubt, dass er vielleicht eine andere kennengelernt hat und mit ihr über alle Berge ist.“

Trevor zog die Augenbrauen hoch. „Und was denkst du? Könnte das sein?“

Sabrina seufzte. „Nein. Das kann ich mir überhaupt nicht vorstellen. Ich kenne Scott zwar erst seit ein paar Monaten, aber ich bin überzeugt, dass er mich genauso liebt, wie ich ihn.“

Sie schwiegen einen Moment.

„Ich hoffe, du hast recht und alles wird sich zum Guten wenden“, sagte Trevor schließlich.

Sabrina war froh über seine Reaktion. Ein wenig hatte sie erwartet, dass er Colins Meinung teilen würde.

„Möchtest du noch etwas trinken?“, fragte er jetzt.

Sabrina schüttelte den Kopf. „Vielen Dank. Aber ich werde mich jetzt auf den Weg zu meiner Hütte machen.“

„Dann bringe ich dich schnell hin. Du weißt ja... die Kängurus. Manchmal können die echt aufdringlich sein.“

Sabrina lachte. „Einverstanden. Wobei der Nachhauseweg hier bestimmt sicherer ist, als in den Straßen von Berlin oder New York.“

„Ganz bestimmt. Aber man kann ja nie wissen. Außerdem werde ich mir bestimmt nicht die Gelegenheit entgehen lassen, eine so schöne Frau nach Hause zu bringen.“

Sabrina erröte. Sie mochte Trevor. Sogar sehr. Aber ihr Herz gehörte immer noch Scott.

Als sie die Golden Cabin erreicht hatten, fragte

Trevor: „Hast du dir schon überlegt, was du als Nächstes unternehmen willst?“

Sabrina zuckte die Schultern. „Ich werde morgen früh als Erstes die Polizei anrufen. Aber ansonsten habe ich keine Ahnung, was ich jetzt tun soll.“

Trevor lächelte sie an. „Jetzt schlaf erstmal und mach dir nicht so viele Sorgen. Ich glaube, ich habe da eine Idee. Wir sehen uns morgen.“

**Scott**

Kaum hatte Scott seine ganze Wut herausgebrüllt, wurde auch schon die Tür zu seinem Zimmer aufgerissen. Der Kerl, der ihn mit finsterer Miene anstarrte, füllte den kompletten Türrahmen aus. Die tätowierten Arme vor der Brust verschränkt, blieb der Riese einen Moment lang stehen, bevor er die Tür schloss und auf Scott zuging. Ein zotteliger Pferdeschwanz, der sein langes, graues Haar bändigte, fiel ihm über die Schulter auf sein schweißdurchtränktes Hemd. Das halbe Gesicht wurde von einem Vollbart bedeckt.

„So, sind wir wieder mal wach geworden", knurrte der Mann und blieb unschlüssig vor dem Bett stehen. „Wie ich sehe, hast du dein Wasser schon ausgetrunken. Musst du auf den Pott?"

Scott starrte seinen Entführer ungläubig an. War das ein Einsiedler? Einen gleichermaßen verwahrlost wie gefährlich aussehenden Mann hatte er noch nie zuvor gesehen. Er beschloss, den Ball erstmal flach zu halten. Mit Gewalt käme er gegen diesen Typen nie an und gefesselt schon mal gar nicht.

„Ich hab noch Durst", stammelte Scott und deutet auf die leere Plastikflasche.

Der Mann stieß ein freudloses Lachen aus. „Kein Wunder. Das kommt von dem Betäubungsmittel."

Er ging in ein Nebenzimmer und kam mit einer weiteren Flasche Wasser zurück, die er Scott reichte. Der trank sie gierig aus und versuchte dabei zu verarbeiten, was er gerade gehört hatte. *Betäubungsmittel? Wie lange hielt dieser Verrückte ihn hier schon gefangen?*

„Warum bin ich hier?“, fragte Scott, nachdem er seinen Durst gestillt hatte.

Der Mann grunzte genervt. Er schien keine große Lust auf eine Unterhaltung zu haben. Doch dann antwortete er doch: „Du warst einfach zur falschen Zeit am falschen Ort. Das ist alles.“

Scott nickte, als würde dieser Satz alles erklären. Er wollte sowieso nur eines: raus aus diesem verfluchten Zimmer. Also sagte er es einfach. „Dann lass mich frei. Und wir vergessen die ganze Sache.“

Jetzt stieß der Mann ein wieherndes Gelächter aus. „Für wie blöd hältst du mich? Damit du dann postwendend zur nächsten Polizeistation rennst und deine Aussage machst?“

„Das werde ich nicht tun. Ich kenne dich nicht und ich will keinen Ärger. Du kannst mein Geld haben, ist leider nicht viel, und meinetwegen auch meine Kreditkarte. Lass mich einfach hier raus. Bei mir ist wirklich nichts zu holen.“

Seufzend ließ sich der Mann auf dem einzigen Stuhl im Raum sinken und betrachtete Scott stirnrunzelnd.

„Zum Laufenlassen ist es zu spät, mein Freund.“

„Warum? Ich schwöre dir, dass ich dich nicht verrate. Ich bin bloß ein Fotograf aus New York. In ein paar Tagen werde ich hier verschwunden sein.“

„Da hast du wohl recht. Nur die Art des Verschwindens steht noch nicht ganz fest.“

Scott traute seinen Ohren nicht. *Was hatte dieser schmierige Typ da gesagt? Wollte er ihn etwa töten?* Er fühlte sich wie in einem Albtraum, aus dem es kein Erwachen gab. Zu allem Überfluss hatten sich seine

Kopfschmerzen noch verstärkt. Er fragte sich, ob sie von dem Schlag auf dem Kopf oder von dem Betäubungsmittel verursacht worden waren. Aber eigentlich war es auch völlig bedeutungslos.

Irgendwo hatte er mal gelesen, dass es wichtig sei, viel mit seinem Entführer zu reden. Der andere sollte ihn als Mensch begreifen und nicht nur als Mittel zum Zweck.

„Mein Name ist Scott", sagte er deswegen und versuchte, ein halbwegs freundliches Gesicht aufzusetzen.

„Weiß ich schon", kam die lapidare Antwort seines Gegenübers. „Hab mir natürlich mal in aller Ruhe deine Papiere angesehen. Deine Freundin ist hübsch." Der Mann grinste ihn anzüglich an.

„Meine Freundin?", reagierte Scott alarmiert. „Woher willst du das wissen?"

„Na, ist die rassige Lady auf dem Foto in deiner Brieftasche etwa nicht deine Freundin?"

Scott entspannte sich wieder etwas. Dann hatte er Sabrina also nicht aufgespürt.

„Doch, das ist meine Freundin. Ich sollte sie besser anrufen. Sie wird sich große Sorgen um mich machen."

„Keine Chance, Alter. Dein Mobiltelefon habe ich längst entsorgt."

Scott atmete tief durch. Er musste diesen Irren irgendwie bei Laune halten, etwas anderes konnte er nicht tun. Er war ihm völlig ausgeliefert.

„Also, meinen Namen kennst du ja nun. Wie soll ich dich nennen?"

Der Andere überlegte. „Ich bin Mel. Mehr brauchst du nicht zu wissen."

„Okay, Mel. Das ist ein schöner Name. Gefällt mir.

Verrätst du mir auch, wie lange ich schon hier bin?"

Mel verzog sein braungebranntes, faltiges Gesicht zu einem Grinsen. „Oh, so etwa eine Woche bist du schon mein Gast. Erinnerst du dich denn an gar nichts mehr?"

Scott wollte seinen Ohren nicht trauen. *Eine ganze Woche?* Ihm kam es vor, als sei er erst vor ein paar Stunden vom Wasserfall zurückgekommen. Als er nun allerdings nachdachte, kamen ihm undeutliche Erinnerungsfetzen in den Sinn. Jemand hatte zu ihm gesprochen, ihm etwas zu trinken eingeflößt. *War das Mel gewesen?* Er dachte, er hätte all dies nur geträumt. Aber anscheinend war es die Realität gewesen. Mit einem Mal wurde Scott bewusst, dass Sabrina nun auf dem Flughafen stand und auf ihn wartete. Oder war sie schon längst in Australien und hatte sein Verschwinden bei der Polizei gemeldet?

Mel hatte beobachtet, wie Scotts Gesichtsausdruck von Staunen zu Entsetzen übergegangen war. „Shit, das Zeug muss ja echt gut wirken, wenn du gar nichts mitgekriegt hast. Ich habe dich gefüttert, auf den Pott gesetzt und wieder einschlafen lassen."

„Und wozu all die Mühe, wenn du mich ohnehin verschwinden lassen willst?" Scott hatte ein bisschen Dramatik auf das Wort verschwinden gelegt. Er konnte immer noch nicht fassen, in welch gefährlicher Lage er hier war. Was ihm hier gerade passierte, kam sonst höchstens im Kino vor.

Mel sah ihn an, und Scott hatte den Eindruck, dass tatsächlich so etwas wie Mitleid in seinem Blick lag. „Da hast du natürlich Recht, Scott aus New York. Leider ist alles etwas aus dem Ruder gelaufen. Ich hab einen blöden

Fehler gemacht, und nun liegt dein Schicksal nicht mehr in meiner Hand.“

Scott schloss kurz die Augen und schüttelte ungläubig den Kopf. „Ich sehe hier sonst niemanden. Also in wessen Hand soll mein Schicksal wohl liegen?“

„Darüber wird mein Partner entscheiden. Er ist im Moment nicht hier. Aber er wird sich melden. Und so lange bleibst du hier.“

„Es geht also doch um Geld?“, hakte Scott noch einmal nach. „Dann lass mich mit meinen Eltern telefonieren. Sie sind nicht reich. Aber sie kommen an mein Konto und könnten etwas nach Australien überweisen.“

Mel schüttelte den Kopf. „Ich werd's meinem Partner ausrichten. Aber ich glaube nicht, dass er an den paar Kröten von dir interessiert ist. Andererseits ...“ Er legte eine kurze Pause ein. „Vielleicht ja doch. Wir werden es sehen.“

Mel schloss kurz die Augen und verfluchte sich selbst zum hundertsten Mal, dass er diesen Bastard nicht einfach im Gebüsch liegen gelassen hatte – so wie die anderen. Aber nachdem er ihn niedergeschlagen und an den Füßen zur Seite gezogen hatte, hatte Sctt kurz die Augen geöffnet und ihn angesehen, bevor er erneut das Bewusssein verlor. Würde er ihn wiedererkennen, wenn die Polizei ihm Fotos von ihm vorhalten würde?, hatte Mel sich gefragt. Ein Gefühl von Panik war in ihm aufgestiegen. Er wollte Scott nicht totschlagen. Also hatte er ihn kurzerhand mitgenommen.

Scott begann nun, auf seiner schmalen Pritsche herumzurutschen. Kein Wunder, dass er auch noch

Rückenschmerzen hatte, wenn er eine ganze Woche lang hier gelegen hatte. Er fragte sich, was der merkwürdige Australier mit ihm vorhatte.

„Wirst du mich jetzt wieder mit deinem Betäubungszeug vollstopfen, so wie an den anderen Tagen?“

Mel saß immer noch auf dem klapprigen Stuhl und betrachtete ihn aufmerksam. „Das geht leider nicht. Es ist alle. Wir werden wohl eine Zeitlang miteinander auskommen müssen. Jedenfalls so lange, bis ich Bescheid weiß, was mit dir passieren soll.“

„Na, das klingt ja total beruhigend. Vielen Dank auch“, murmelte Scott.

„Hast du Hunger?“, fragte Mel.

Scott nickte. Sein Magen knurrte schon die ganze Zeit. An seiner schlabbrig sitzenden Hose merkte er, dass er in den vergangenen Tagen ein paar Pfund abgenommen hatte. Außerdem fühle er sich so schlapp wie nach einem Marathon durch die Wüste. Er musste unbedingt etwas essen, um bei Kräften zu bleiben. Denn eines wusste Scott genau. Kampflos würde er ganz bestimmt nicht aufgeben. Er würde alles tun, um hier herauszukommen. Irgendwie würde ihm die Flucht gelingen.

Mel ging erneut in das Nachbarzimmer. Als er zurückkam, trug er eine Pistole in den Händen. Scott zuckte zurück. Plötzlich schlug ihm das Herz bis zum Hals. Hatte sich der Verrückte nur eine Zeitlang unterhalten wollen, um ihn jetzt doch auf der Stelle zu erschießen?

Mel grinste, als er Scotts Miene bemerkte. „Reine Vorsichtsmaßnahme. Ich denke, du solltest dich vielleicht doch mal waschen. Und danach gibt's was zu essen."

Er löste Scotts Fesseln und half ihm aufzustehen. Kaum stand Scott auf seinen Beinen, knickten sie auch schon ein. Er fühlt sich völlig kraftlos. Mel seufzte resigniert und stützte seinen Gefangenen, während er ihn ins Nebenzimmer schob. Die Waffe hielt er dabei stets auf Scotts Rücken gerichtet. So durchquerten sie langsam eine winzige Küche. Der Raum enthielt nur das Nötigste: einen Holztisch mit zwei Stühlen, einen Herd und einen großen Kühlschrank. Scott warf einen schnellen Blick aus dem Fenster. Er konnte wiederum nur hohe Eukalyptusbäume sehen. Eine weitere Tür führte ins Badezimmer, das aus einer Toilette, einem Waschbecken und einer altersschwachen Dusche bestand. „Du kannst das Handtuch und die Klamotten da nehmen", wies Mel auf einen unordentlichen Haufen, der auf der Erde lag. Scott erkannte, dass es seine eigenen Sachen waren. Offenbar hatte Mel seinen Koffer ausgeräumt.

„Okay", flüsterte Scott und ließ sich auf die Toilette sinken. Schon die paar Schritte hatten ihn erschöpft. Ihm war schwindelig. Diese verdammten Betäubungsmittel. Er war topfit gewesen an diesem letzten Tag, an den er sich noch erinnern konnte. In diesem Zustand würde er nicht weit kommen. Er musste Zeit schinden und Kräfte sammeln. Hoffentlich würde dieser ominöse Freund von Mel noch nicht so schnell hier auftauchen.

## Sabrina

Das Frühstückszimmer war leer bis auf ein älteres Ehepaar in Wanderkleidung. Sabrina stocherte in ihrem Müsli herum und sah aus dem Fenster, ohne wirklich hinzusehen. Sie hatte schlecht geschlafen und sich ruhelos hin und her gewälzt. Obwohl sie nun schon einiges unternommen hatte, um Scott zu finden, war sie doch keinen Schritt weitergekommen. Gleich in der Früh hatte sie beim Police Department in Melbourne angerufen und mit Colin gesprochen. Auch die Polizei hatte nach wie vor keine Spur von Scott gefunden. Colins Stimme hatte resigniert geklungen. Er hatte gefragt, wo sie jetzt sei und ihr angeboten, sich in seiner freien Zeit um sie zu kümmern, wenn sie zurück nach Melbourne käme. Sabrina hatte sich bedankt – und abgelehnt. Sie brauchte keine Freizeitbeschäftigung, sie wollte Scott zurückhaben.

In der Nacht war ihr eingefallen, dass sie vielleicht Scotts Eltern informieren müsste. Sie hatte sie bisher nur einmal kurz getroffen. Die McNaras lebten in Boston und waren viel auf Reisen. Seitdem sie nicht mehr arbeiten mussten, hatten sie sich ein Wohnmobil zugelegt und fuhren damit kreuz und quer durch die USA. Sabrina hatte die Handynummer von Scotts Vater und könnte ihn anrufen. Sie war hin- und hergerissen, ob sie das tun sollte. Einerseits hatten Scotts Eltern natürlich ein Recht darauf, zu erfahren, dass ihr einziger Sohn in Australien verschollen war. Andererseits könnten sie im Moment ohnehin nichts tun und würden sich wahrscheinlich schreckliche Sorgen machen. Sabrina beschloss, noch einen Tag damit zu warten, sie anzurufen.

Um National Geographic hatte sich Nick schon gekümmert. Er kannte einige Leute in der Redaktion und hatte vorsichtig nachgehakt, ob sie etwas von Scott gehört hätten. Auch das hatte sich als Fehlanzeige erwiesen. Nick hatte erstmal nichts davon gesagt, dass Scott verschwunden war. In der Hoffnung, dass sein Kumpel doch bald wieder auftauchen würde, wollte er keine Pferde scheu machen.

Das Ehepaar hatte sein Frühstück beendet, stand auf und ging zu Sabrinas Tisch hinüber.

„Guten Morgen, junge Dame. Wir sind Ellen und Bill aus Sydney. Wir machen einen Wanderurlaub in den Grampians. Und Sie? Sind Sie ganz alleine unterwegs?“

Sabrina fühlte sich von der offenen Freundlichkeit der Australier wieder mal überrumpelt. In Deutschland käme garantiert niemand auf die Idee, Fremde auf diese Weise anzusprechen, dachte sie.

„Ich bin Sabrina. Und, ja, im Moment bin ich alleine unterwegs“, wiederholte sie die Annahme der Urlauber. Sie hatte keine Lust, ihnen die ganze Geschichte aufzutischen. Sollten sie doch denken, was sie wollten.

„Na dann passen Sie mal schön auf, dass Sie nicht von den Schlangen gebissen werden. Sie wissen ja bestimmt, dass wir hier ein paar nette Exemplare herumschleichen haben“, sagte Bill und zwinkerte ihr dabei vertraulich zu. Seine Frau stieß ihm den Ellenbogen in die Rippen und sagte „Mein Gott, Bill. Jetzt mach ihr doch keine Angst.“

Kopfschüttelnd wandte sie sich an Sabrina. „Er übertreibt, wissen Sie. Machen Sie sich bloß keine Sorgen. Die Grampians sind fantastisch. Sie werden Ihren Urlaub hier sicher genießen.“

„Ja, bestimmt. Vielen Dank", murmelte Sabrina und wünschte dem Ehepaar noch einen schönen Tag. Eine Minute später saß sie allein in dem terracottafarben gestrichenen Frühstücksraum und überlegte, was sie jetzt tun sollte. Sie musste sich eingestehen, dass sie keine Ahnung hatte, was sie als Nächstes unternehmen könnte. Ihre einzige Hoffnung war Trevor. Schließlich hatte er gestern Abend gesagt, er habe da so eine Idee.

Nachdem sie ihren Milchkaffee ausgetrunken hatte, schlenderte Sabrina zur Rezeption. Sally saß vor ihrem Computer und arbeitete.

„Fertig mit Frühstücken?", fragte sie mit einem Lächeln.

„Ja, vielen Dank. Ich würde gerne mit Trevor sprechen. Ist er hier irgendwo in der Nähe?"

„Er ist heute Morgen schon früh aufgebrochen, weil er etwas Geschäftliches zu erledigen hat", antwortete Sally.

Enttäuscht ließ Sabrina die Schultern sinken. *So ein Mist.* Sie hatte sich voll darauf verlassen, dass Trevor ihr weiterhelfen würde.

„Hat er gesagt, wann er zurückkommt?"

„Auf keinen Fall vor heute Abend. Aber ich soll Ihnen ausrichten, dass Sie gerne seinen Pool benutzen dürfen. Er hat gesagt, Sie sollen sich wie zu Hause fühlen."

Sabrina schluckte. „Das ist wirklich nett."

„Wir haben übrigens auch eine ganz gut bestückte Bücherecke", wies Sally auf zwei große Regale im Hintergrund. „Suchen Sie sich doch einen spannenden Schmöker und machen Sie es sich auf dem Liegestuhl bequem."

Sabrina blickte unschlüssig vor sich hin, und so

machte Sally gleich noch einen Vorschlag. „Oder Sie fahren nach Halls Gap, schauen sich den Ort an und unternehmen einen kleinen Einkaufsbummel."

„Ich überleg's mir", sagte Sabrina, nickte Sally zu und kehrte erstmal zu ihrer Hütte zurück. Auf keinen Fall würde sie sich einfach an den Pool in die Sonne legen. Dazu hatte sie überhaupt keine Ruhe. Auf einen Einkaufsbummel hatte sie ebenso wenig Lust. Sie setzte sich für einen Moment auf die Veranda und blickte auf das von der Hitze ausgedörrte Land. Und plötzlich wusste sie ganz genau, was sie jetzt tun würde.

Sie packte sich ein paar Sachen zum Wechseln, ihr Waschzeug, Sonnencreme und Geld in ihren Rucksack und marschierte zügig zu ihrem Auto zurück. Einen Plan zu haben, war immer besser, als gar nichts zu tun. Pfeifend setzte sie sich hinters Steuer und machte sich auf den Weg.

Die Frau, mit der sie bei ihrem ersten Besuch im Brambuk Visitor Center gesprochen hatte, beschäftigte sich mit der Kasse hinter dem Verkaufstresen. Sie erkannte Sabrina auf Anhieb wieder.

„Haben Sie Ihren Freund gefunden?", fragte sie gleich als Erstes.

„Nein, leider nicht. Er ist weiterhin spurlos verschwunden."

Die Frau, auf ihrem Namensschild stand ‚Mary', sah sie mitleidig an und murmelte so etwas wie „Oh mein Gott, wie furchtbar", bevor sie hinter dem Verkaufstisch hervorkam.

„Lilli, kannst du bitte mal übernehmen? Ich mache eine kleine Pause", rief sie ihrer Kollegin zu und schob Sabrina dabei in Richtung des angrenzenden Cafés.

„Kommen Sie, meine Liebe, wir beiden trinken jetzt erstmal einen Kaffee zusammen.“

Kurz darauf saßen sie sich an einem kleinen Tisch gegenüber und Sabrina erzählte der Frau, was sie bisher unternommen hatte. Mary runzelte die Stirn und legte ihre Hand auf Sabrinas. „Es tut mir so leid, mein Mädchen. Ich wünschte, ich könnte Ihnen helfen. Aber ich wüsste nicht wie.“

„Vielleicht könnten Sie doch etwas für mich tun“, entgegnet Sabrina. Auf der Nature Lodge war ihr eingefallen, dass sie vor langer Zeit einmal einen Roman über Australien gelesen hatte. Darin war es unter anderem darum gegangen, dass die Aborigines eine besondere Beziehung zu ihrem Land, zu der Natur und zu vielen spirituellen Dingen besaßen. Sie konnten so gut Spuren lesen wie sonst niemand. Und es wurden ihnen sogar telepathische Fähigkeiten nachgesagt. Scott selbst hatte hier nach einem Guide gefragt, der ihn durch die Natur führen sollte. Das alles hatte sie auf eine Idee gebracht.

„Ich möchte selbst weiter nach Scott suchen. Zu Fuß. Aber ich traue mich nicht alleine. Außerdem kenne ich mich hier doch gar nicht aus. Ich dachte, ...“ Sabrina geriet ins Stocken. Ihr war wieder eingefallen, dass Marys Mann, der die Touren für Touristen begleitete, einen Herzinfarkt erlitten hatte. Wahrscheinlich gab es so schnell noch gar keinen Ersatz für ihn. Aber fragen musste sie trotzdem.

„Ich weiß, Ihr Mann liegt im Krankenhaus. Aber vielleicht gibt es jemand anderes, den Sie mir empfehlen können? Jemand, der sich super hier auskennt, der Spuren lesen kann, und der mit mir zusammen auf die Suche geht.“

Sabrina blickte Mary jetzt flehend an. Sie war ihre letzte Rettung. Sie wusste einfach nicht, was sie noch tun könnte, wenn Mary ihre eine Abfuhr erteilte. Mary lehnte sich auf ihrem Stuhl zurück, ihre Miene hatte sich erhellt.

„Ich weiß zwar nicht, ob es überhaupt etwas bringt, aber ich kann sie verstehen. Ich könnte auch nicht tatenlos herumsitzen, wenn es um meinen Mann ginge. Und Sie haben Glück."

Sie nahm noch einen Schluck Kaffee und grinste Sabrina an. „Mein Sohn Joe vertritt meinen Mann, so lange er krank ist. Joe ist hier aufgewachsen. Er kennt die Grampians wie seine Westentasche. Wenn sich Ihr Scott wirklich noch hier aufhält, wird Joe ihn finden."

Eine Welle der Erleichterung durchflutete Sabrina. Endlich gab es wieder Hoffnung. „Wann hätte Joe denn Zeit? Es wäre klasse, wenn wir möglichst bald aufbrechen könnten."

Mary schmunzelte. „Auch da haben Sie Glück. Eigentlich wäre Joe heute mit einer Gruppe Touristen auf eine Drei-Tages-Tour gegangen, aber sie haben kurzfristig abgesagt. Deswegen hat er jetzt tatsächlich in den nächsten Tagen keine anderen Termine."

Sabrina strahlte. „Das klingt ja fantastisch."

Mary griff zu ihrem Handy und wählte eine Nummer. „Ich werde ihn gleich anrufen. Dann können Sie alles Weitere mit ihm besprechen. Eine Ausrüstung können Sie hier leihen."

Sie wartete einige Sekunden, dann schien ihr Sohn sich zu melden. „Kannst du bitte gleich mal ins Café kommen, Joe? Du hast einen neuen Auftrag."

Mit einem Lächeln legte sie das Handy zurück auf den

Tisch und tätschelte Sabrina nochmal die Hand. „Ich hoffe wirklich, Sie beide finden Scott. Auf jeden Fall sind Sie bei Joe in den besten Händen."

Den letzten Satz hatte Mary fast mehr zu sich selbst gesagt. Sie hoffte es mehr, als dass sie daran glaubte, dass ihr Sohn sich diesmal zusammenreißen und ihr keine Schande bereiten würde. Mary mochte die so verzweifelt wirkende junge Frau aus Deutschland, aber sie wollte auch ihrem Sohn eine Chance bieten, endlich wieder auf den rechten Weg zu kommen.

Hinter ihnen schlug eine Tür zu. Schlurfende Schritte näherten sich. Als Sabrina aufschaute, sah sie in das Gesicht eines jungen Mannes. Schnell stand sie auf und reichte ihm die Hand. „Sie müssen Joe sein. Schön, Sie kennenzulernen."

Joe kniff die Augen zusammen und musterte sie wortlos, während er auf einem Kaugummi herumkaute. Schließlich erwiderte er widerwillig ihren Händedruck. Aus seinem Blick sprach reine Verachtung. Sabrina schluckte. Die Feindseligkeit, die von dem Aborigine ausging, war fast mit den Händen zu greifen. Instinktiv fühlte sie, dass sie auf dieses Abenteuer wohl doch besser verzichten sollte.

„Sie wollen also eine Tour buchen? Wann soll es denn losgehen?", fragte Joe in einem gelangweilten Tonfall.

„Am besten sofort", antwortete Mary an Sabrinas Stelle. Sie warf ihrem Sohn einen zornigen Blick zu. Benimm dich gefälligst, hätte sie ihn am liebsten angeschrien.

„Na dann kommen Sie mal mit", forderte Joe sie auf. Sabrina zögerte einen Moment. Jetzt wäre der richtige

Zeitpunkt, die ganze Aktion abzublasen. „Okay“, hörte sie sich sagen, während sie aufstand und dem Mann nach draußen folgte.

Durch einen Garten gelangten sie in ein zweites Gebäude und betraten ein kleines Büro. Joe ließ sich hinter den Schreibtisch sinken, holte ein Formular hervor und bedeutete Sabrina, Platz zu nehmen.

„Also, was für eine Tour möchten Sie denn buchen? Bestimmt hat meine Mutter Ihnen schon erklärt, dass wir verschiedene Routen im Angebot haben.“

Sabrina überlegte kurz und sagte dann: „Ich möchte eine individuelle Tour, vielleicht drei Tage. Wenn wir erfolgreich sind, vielleicht auch kürzer.“

Joe hob die Augenbrauen. „Erfolgreich? Wie meinen Sie das?“

Sabrina erzählte ihm, was geschehen war und was sie sich von der Tour durch die Grampians erhoffte. Joe starrte sie verblüfft an. Er fuhr sich durch sein struppiges Haar und atmete tief durch.

„Ich weiß nicht, ob das so eine gute Idee ist. Ich schätze eher, Ihr Scott hat sich aus dem Staub gemacht und ist überhaupt nicht mehr in den Grampians.“

„Niemals“, beharrte Sabrina. „Er hätte sich längst gemeldet. Scott ist sehr verantwortungsbewusst. Irgendetwas muss passiert sein. Und ich will wissen, was los ist.“

Joe zuckte mit den Schultern. „Okay. Ihre Entscheidung. Dann würde ich vorschlagen, wir erkunden die Gegend um den McKenzie und weiten den Radius dann weiter aus. Vielleicht kann ich seine Spur finden, aber im Moment trampeln hier so viele Touristen durchs

Land, dass ich es eher für unwahrscheinlich halte."

Sabrina nickte. „Wir versuchen es einfach."

Joe ließ sie die Formulare unterschreiben, knöpfte ihr eine Anzahlung ab und zeigte ihr dann die Ausrüstung, die sie mitnehmen würden.

„Normalerweise versuche ich, mit Touristen unterwegs in Guesthouses oder auf Campingplätzen zu übernachten. Aber da ich noch nicht genau weiß, wo wir heute oder morgen Nacht sind, nehmen wir auch ein paar Sachen mit, um notfalls draußen schlafen zu können."

Er holte zwei große Rucksäcke, dünne Schlafsäcke, eine Taschenlampe und ein paar andere Utensilien aus einem Regal. „Haben Sie nur diese Sachen mit?", fragte er Sabrina und musterte sie dabei von unten bis oben. Sie trug Trekkingschuhe, Shorts und ein T-Shirt.

„Ich habe noch eine lange Hose und ein paar andere Sachen im Auto."

„Gut. Dann packen Sie die auch in diesen Rucksack hier. Wir nehmen Ihr Auto, fahren noch in einem Supermarkt vorbei, um ein paar Lebensmittel einzukaufen. Und dann geht's los."

Er grinste sie spöttisch an und spuckte sein Kaugummi in einen Papierkorb. „Oder wollen Sie sich die Sache vielleicht doch nochmal überlegen?"

„Nein. Ich komme mit", antwortete Sabrina mit fester Stimme.

## Scott

Er fuhr aus seinem leichten Dämmerschlaf hoch, als er das Motorengeräusch eines näherkommenden Autos hörte. Mel kam zurück. Er hatte ihn für ein paar Stunden alleine gelassen, um irgendwo ein paar Lebensmittel einzukaufen. Scott hatte sich die Handgelenke blutig gescheuert, aber die Kabelbinder, die eng um seine Füße und Hände gefesselt waren, hatten sich nicht einen Deut gelockert. Es war hoffnungslos. Mel ging kein Risiko ein, ihm eine Chance zur Flucht zu verschaffen. Entweder war Scott gefesselt oder Mel beobachtete ihn mit der Waffe in der Hand.

Dabei schien ihm sein Gefangener in den letzten Tagen gar nicht mehr so unsympathisch zu sein. Sie konnten sich ganz gut miteinander unterhalten. Einmal hatten sie sogar zusammen Karten gespielt. Scott konnte es manchmal selbst nicht glauben. Seit Tagen saß er in dieser verdammten Hütte in den Grampians fest und hatte keine Möglichkeit, Sabrina eine Nachricht zukommen zu lassen. Inzwischen hatte er Mel sogar von ihr erzählt, ihm vorgeschwärmt, was für ein tolles Mädchen sie war. Dass sie es nicht verdient hatte, alleine in Melbourne zu sitzen und sich um ihn zu sorgen. Er hatte von ihrem Abenteuer in Island berichtet, von ihrem Leben in New York. Mel war ganz still dabei geworden.

„Soll ich aufhören, davon zu reden?“, hatte Scott gefragt.

„Nein. Erzähl bitte weiter. Ich dachte immer, so was gibt’s nur im Kino“, hatte Mel geantwortet und fasziniert zugehört. Eigentlich hatte er all die Dinge nur erzählt, um

Mels Herz zu erreichen, um ihn dazu zu bringen, ihn frei zu lassen. Aber während er von Sabrina sprach, hatte er sich tatsächlich auch selbst besser gefühlt. Die Erinnerungen an glückliche Zeiten brachten zumindest ein bisschen Wärme und Glück in seine trostlose Lage. Er brauchte sich nur Sabrinas lächelndes Gesicht vorzustellen und sofort machte sich ein Gefühl inniger Liebe in ihm breit. Das war es, was ihn nicht aufgeben ließ. Seine Chance würde kommen, er musste nur Geduld haben.

Eine Autotür klappte, und Sekunden später öffnete sich die Tür. Mel schleppte zwei prall gefüllte Plastiktüten in die Küche. „Ich habe uns Steaks mitgebracht und Bier. Was sagst du dazu?“, grinste er und verstaute die Einkäufe im Kühlschrank.

Die blutigen Striemen an Scotts Handgelenken hatte er sofort gesehen, aber nichts gesagt. Er konnte ihn verstehen, hätte es selbst genauso versucht. Andererseits nahm er es dem Amerikaner schon fast ein wenig übel, dass er abhauen wollte. Versorgte er ihn nicht wie einen eigenen Sohn? Führten Sie mittlerweile nicht prächtige Gespräche? Mel hatte nie einen richtigen Freund gehabt. Immer nur Kumpel, mit denen er sich eine Zeitlang herumtrieb. Oder die Zellengenossen, die man sich nicht aussuchen konnte. Sein Partner war schließlich auch alles andere als ein Freund. Mel grunzte unzufrieden. Sollte nicht eigentlich jeder einen wahren Freund haben? Einen, dem man alles erzählen konnte, der immer für einen da war? Er konnte sich vorstellen, dass Scott so ein Freund sein könnte. Wenn sie sich nur unter anderen Voraussetzungen kennengelernt hätten ...

Er holte eine Pfanne aus dem Schrank, verteilte einen

fertigen Salat auf zwei Teller und briet die Steaks. Als das Essen fertig war, befreite er Scott von den Fesseln und holte ihn an den Tisch. Die Pistole hatte er griffbereit.

Die Männer aßen schweigend. Als sie ihr Mahl beendet hatten, sagte Mel: „Lass uns noch ein Bier draußen trinken. Ich glaube, es wird Zeit, dass du mal wieder an die frische Luft kommst. Du sollst ja nicht eingehen in der Hütte.“

Scott schaute überrascht auf. Seitdem er hier war, und inzwischen hatte er den Überblick verloren, wie viele Tage das schon waren, hatte er noch nie nach draußen gedurft. Vielleicht waren Leute in der Nähe, und er konnte um Hilfe rufen. Oder es würde sich irgendeine Möglichkeit zur Flucht bieten. Mit einem Mal waren alle seine Sinne geschärft.

Mel wies ihn an, die Tür zu öffnen, und folgte ihm mit der Waffe in der Hand. Draußen war es bereits dämmrig. Die Luft hatte sich etwas abgekühlt, war aber immer noch warm. Die winzige Hütte, in der Mel und Scott hausten, stand auf einer kleinen Lichtung und war umgeben von hohen Bäumen und einem undurchdringlichen Dickicht. Die beiden Männer setzten sich auf die Bank, die neben dem Eingang stand, und stellten ihre Bierdosen auf einem wackeligen Campingtisch ab. Scott atmete tief durch. Endlich mal wieder an der frischen Luft. Er wusste gar nicht mehr, wie schön sich das anfühlte. Fledermäuse segelten über ihre Köpfe hinweg, angezogen von dem Licht, das aus dem Küchenfenster drang.

„Wo sind wir hier?“, fragte Scott.

„Mitten in den Grampians. Mittendrin in dieser verfluchten Wildnis. Und weit weg von jeder Kneipe und jeder schönen Frau."

Scott grinste. „Du vermisst sie? Die Kneipen und die Frauen?"

Mel schnaubte. „Die Frauen wollen nichts von mir wissen. Aber so ein anständiger Whisky in einem Pub mit guter Musik, das wäre nicht schlecht."

„Warum wollen die Frauen nichts von dir wissen? Das kann ich mir nicht vorstellen. Du bist doch ein Kerl von einem Mann. Eigentlich fliegen die auf sowas."

Mel sah geschmeichelt aus. „Meinst du wirklich?"

Scott nickte. „Sonst würde ich es nicht sagen."

„Bis jetzt hatte ich allerdings nicht sehr viel Glück. Und nun bin ich ja auch nicht mehr der Jüngste ..."

„Vom Altenheim aber noch weit entfernt. Wie alt bist du denn?", fragte Scott.

„55", seufzte Mel und hing einen Moment seinen Gedanken nach.

„Du warst nie verheiratet?", hakte Scott nach.

Mel schüttelte den Kopf. „Noch nie. Es gab da hin und wieder mal ein Mädchen, aber meist war ich ja auch nie lange an einem Ort. Und wenn die spitzkriegten, dass ich keinen festen Job hatte und schon mal im Knast war, hatte sich sowieso gleich wieder alles erledigt."

„Aber so ist es doch nicht dein ganzes Leben lang gewesen, oder?"

Mel nahm einen Schluck aus seiner Bierdose und rülpste.

„Mehr oder weniger doch."

Scott zog die Augenbrauen hoch. Er starrte in die Dunkelheit und hoffte, irgendwo einen Lichterschein zu sehen, ein Zeichen von anderen Menschen. Aber ringsherum war alles pechschwarz.

Mel lehnte sich auf der Bank zurück und begann zu erzählen. Von seinem Vater, der in Sydney ein stadtbekannter Säufer war und der seine Mutter und auch ihn bei jeder Gelegenheit geschlagen hatte. „Irgendwann, als er mal wieder stundenlang in irgendeiner Kneipe herumhing, hat meine Mum ihren Koffer gepackt, ein paar Dollar genommen, die sie sich zusammengespart hatte, und ist mit mir abgehauen. Ich war fünf Jahre alt."

„Und? Hat er euch gefunden?", fragte Scott.

Mel lachte leise in sich hinein. „Nein. Ich glaube, er hat auch gar nicht nach uns gesucht. Er war bestimmt froh, dass wir weg waren."

„Und wie ging es dann weiter?"

„Wir sind viel umgezogen. Nach Brisbane, nach Melbourne, Adelaide, Perth. Meine Mum hat es nie lange irgendwo ausgehalten. Immer, wenn ich irgendwo Freunde gefunden hatte, zogen wir weiter."

„Oh Mann, das muss echt hart für dich gewesen sein."

„Einerseits schon. Aber andererseits war es auch eine schöne Zeit. Wir mussten keine Angst mehr vor meinem Vater haben, und ich hatte Mutter ganz für mich alleine. Leider dauerte das Ganze nicht so furchtbar lange."

„Was geschah dann?", fragte Scott.

„Als ich acht war, lernte meine Mutter einen Typen namens Hal kennen. In der ersten Zeit war er ganz nett. Brachte Geschenke für mich mit und Blumen für Mutter. Er schien ein ordentlicher Bursche zu sein." „Aber du mochtest ihn nicht", mutmaßte Scott.

„Nun ja, ich war nicht unbedingt käuflich. Vielleicht hatte ich auch so was wie eine Vorahnung. Falls es sowas gibt ..."

Mel machte eine Pause. Seine Miene hatte sich verdüstert. Scott ließ ihm Zeit.

„Na ja, jedenfalls haben meine Mutter und Hal geheiratet, und kurze Zeit später ging es los. Er begann damit, meine Mutter zu schlagen. Wir waren vom Regen in die Traufe geraten."

„Fuck. Was für ein verdammtes Pech. Hat deine Mutter sich wenigstens schnell wieder von dem Typen getrennt?"

„Nein. Sie blieben zusammen, bis Hal mit 65 gestorben ist. Leber-Zirrhose. Da hatte ich aber schon längst keinen Kontakt mehr zu ihnen."

Scott schüttelte ungläubig den Kopf. „Das ist ja eine schreckliche Geschichte."

„Ja, das ist sie wohl", bestätigte Mel. „Meine Mutter hatte sich irgendwann daran gewöhnt, dass Hal handgreiflich wurde, wenn er wieder mal zu viel getrunken hatte. Sie kannte es ja auch gar nicht anders. Aber als ich älter wurde, wollte ich das nicht länger zulassen."

Er rieb sich unwillkürlich mit der linken Hand über die rechte Faust, als er an seine Jugend zurückdachte. „Mit elf oder zwölf habe ich angefangen, mich dazwischenzuwerfen, wenn er auf meine Mutter losging. Man soll es nicht meinen, aber damals war ich noch ein schmächtiges Bürschchen. Ich habe ganz schön Prügel von dem Arschloch eingesteckt."

Scott war schockiert. Inzwischen tat ihm sein Kidnapper schon regelrecht leid.

Mel fuhr mit ruhiger Stimme fort, als würde er über jemand anderes sprechen. „Damals habe ich mir geschworen, ich würde ihn umbringen. Ich habe heimlich Boxen und Ringkampf trainiert. Habe Liegestütze und all so ein Zeug gemacht, um kräftiger zu werden." Er grinste. „Es hatte tatsächlich geholfen. Irgendwann habe ich ihm die Fresse poliert, anstatt er meine. Das war damals der schönste Tag in meinem Leben."

„Kann ich mir vorstellen", erwiderte Scott.

Mel atmete tief durch. „Am nächsten Tag haben die beiden mich auf die Straße gesetzt. Ich war 14 und hatte kein Zuhause mehr."

Er wollte noch einen Schluck Bier trinken, aber die Dose war leer. „Holst du uns noch zwei Dosen Bier aus dem Kühlschrank?", fragte er Scott.

Der nickte und ging zurück in die Hütte. Zum ersten Mal war er alleine ohne Fesseln. Allerdings gab es nur die eine Tür nach draußen, neben der Mel mit seiner Pistole saß.

Hektisch sah er sich um, ob irgendetwas herumlag, dass er für seine Flucht gebrauchen konnte. *Ein Messer wäre nicht schlecht, um die verdammten Kabelträger aufzuschneiden.* So leise wie möglich zog Scott die Schublade des Küchenschranks auf. Neben Löffeln und Gabeln lagen genau vier Messer im Besteckkasten. Mel würde sofort merken, wenn er eines davon wegnahm. Während Scott noch überlegte, was er tun sollte, hörte er hinter sich Mels Stimme.

„Lass die Messer liegen, Scott."

Das Herz schlug ihm bis zum Halse. Er drehte sich um und drehte die leeren Handflächen nach außen. „Ich habe kein Messer. Wollte nur mal sehen, was in der Schublade ist."

Mel nickte und verdrehte die Augen. „Schon klar. Jetzt hol das Bier und komm wieder nach draußen."

Sie setzten sich schweigend auf die Bank und tranken ihr Bier. Die freundschaftliche Atmosphäre, die eben noch zwischen ihnen geherrscht hatte, war verschwunden. Scott versuchte, an das Gespräch anzuknüpfen.

„Du warst also 14 und plötzlich auf dich alleine gestellt. Was hast du dann gemacht?"

„Das ist alles lange her. Ich möchte jetzt nicht mehr darüber reden", antwortete Mel.

„He, was ist jetzt los?", fragte Scott genervt. „Nimmst du es mir übel, dass ich in die Schublade geguckt habe? Was hättest du an meiner Stelle getan?"

Seine Stimme war lauter geworden. Der ganze Frust der vergangenen Tage strömte aus ihm heraus. „Du hältst mich seit Tagen hier in dieser Scheiß-Hütte gefangen, obwohl ich dir nichts getan habe. Obwohl bei mir nichts zu holen ist. Ich will hier raus. Ich will zu meiner Freundin. Ist das so schwer zu kapieren?"

Mel seufzte und schüttelte den Kopf. „Nein, natürlich nicht", sagte er leise. „Es tut mir echt leid, dass es dich erwischt hat. Ich würde dich auch wirklich laufen lassen, aber es geht nun mal nicht."

„Warum nicht?", schrie Scott.

„Ich hab schon mal versucht, es dir zu erklären. Ich habe einen Partner, und er weiß über dich Bescheid. Er hat mich in der Hand. Und er will, dass ich dich vorerst hierbehalte. Mehr kann ich dir auch nicht sagen."

Scott ließ den Kopf in seine Hände sinken und schloss die Augen. Er spürte, dass Mel die Wahrheit sagte und er sich einfach nicht traute, ihn frei zu lassen. Er fragte sich, was für ein bekloppter Typ dieser Partner sein müsse. Aber es hatte wohl wenig Sinn, Mel weiter danach zu fragen.

Verzweiflung stieg in ihm auf. Die ganze Situation war völlig irrwitzig. Ihm war längst egal, was aus seinem Besitztümern geworden war, seiner Fotoausrüstung, seiner Brieftasche, dem Mietwagen. Er wollte einfach nur sein altes Leben zurück. Und er wollte zu Sabrina. Nicht zum ersten Mal fragte er sich, ob sie schon zurück nach New York geflogen war oder ob sie ihn vielleicht suchte. War sie in die Grampians gefahren, um seine Spur aufzunehmen? Hatte sie die Polizei eingeschaltet?

„Wie soll es nun weitergehen?“, fragte Scott nach einer Weile.

„Wir warten. Alles wird gut“, antwortete Mel. In Wahrheit glaubte er selbst nicht daran. Er hoffte einfach nur, dass er noch einige Zeit mit Scott verbringen konnte. Es war doch fast so, als wären zwei alte Kumpel auf einer Urlaubstour unterwegs. Zwei Männer, die sich gut verstanden. An etwas anderes wollte er jetzt gar nicht denken. Er wusste, dass er den Amerikaner nicht gehen lassen konnte. Mel machte sich keine Illusionen. Ließe er Scott entkommen, würde sein Partner ihn umbringen.

## Sabrina

Ihre Waden brannten, die Füße schmerzten. Die Gurte des Rucksacks scheuerten auf ihrem Rücken. Seit Stunden folgte Sabrina ihrem Führer durch die Wildnis der Grampians und hatte ihren Entschluss, Scott zu Fuß zu suchen, schon tausendmal bereut. Aber aufgeben wollte sie dennoch nicht.

Joe hatte ein paar Mal zu ihr zurückgeblickt und spöttisch die Mundwinkel verzogen. „Sollen wir wieder eine Pause machen?"

Sabrina schüttelte trotzig den Kopf. „Wegen mir nicht."

Sie hatte noch vom Visitor Center aus in der Nature Lodge angerufen und Sally Bescheid gesagt, dass sie eine geführte Tour durch die Grampians mitmache und in ein paar Tagen zurückkäme. Sie könnte die Golden Cabin ruhig weitervermieten und ihre Sachen aus der Hütte holen. Sie wäre auf jeden Fall bald zurück und würde ihren Aufenthalt bezahlen, hatte sie Sally versichert und Grüße an Trevor ausrichten lassen.

Ob er wohl sauer über ihren Alleingang war? Inzwischen war sie sich nicht mehr sicher, ob es so eine gute Idee gewesen war. Sie war weder für lange Wanderungen trainiert, noch optimal dafür ausgerüstet. Außerdem hatte sie Zweifel, ob dieser merkwürdige Joe sie überhaupt ernst nahm. Es kam ihr nicht so vor, als ob er nach Spuren Ausschau hielt oder in irgendeiner Weise nach Scott suchte. Wahrscheinlich rechnete er damit, dass sie sowieso noch am ersten Tag aufgab, weil alles so anstrengend war.

Sabrina blieb kurz stehen und nahm einen Schluck aus ihrer Wasserflasche. Dann biss sie die Zähne zusammen und eilte Joe hinterher. Der Aborigine stampfte mit gleichmäßigen Schritten den Pfad vor ihnen entlang. Er blickte sich selten um. Vermutlich hörte er an ihrem schweren Atmen, dass sie sich noch hinter ihm befand. Nachdem sie am McKenzie Wasserfall vielen Touristen begegnet waren, hatte Joe inzwischen einen Weg eingeschlagen, auf dem ihnen schon seit zwei Stunden kein einziger Mensch begegnet war.

„Glauben Sie, dass Scott auch diesen Weg genommen hat?“, hatte sie ihn am Anfang gefragt. Joe hatte bloß mit den Schultern gezuckt. „Keine Ahnung. Aber irgendwo müssen wir anfangen, oder?“

Da hatte er natürlich recht. Sabrina blieb sowie nichts anderes übrig, als ihm zu vertrauen. Was ihr allerdings schwerfiel.

Sie dachte an Trevor und daran, was er wohl von der Sache halten würde. Wahrscheinlich gar nichts. Vielleicht hätte sie besser auf seine Rückkehr warten sollen, anstatt Hals über Kopf diese verrückte Aktion zu starten. Aber Geduld war nun mal nicht ihre Stärke. Sie hätte es niemals ausgehalten, einfach nur abzuwarten, was passiert. Andererseits hatte Trevor von einer Idee gesprochen, die er hatte. Inzwischen fragte sie sich, ob es nicht doch besser gewesen wäre, auf Trevor zu setzen. Sie hatte das Gefühl, in ihm einen echten Freund gefunden zu haben. Irgendwie kam es ihr vor, als würde ihm alles gelingen.

Joe war stehen geblieben. Bis auf das leise Plätschern von Wasser war es still in diesem Wald, in dem die Gipfel der Bäume bis in den Himmel zu wachsen schienen.

„Wir machen hier eine Mittagspause“, erklärte er, streifte den Rucksack vom Rücken und verließ den Weg in Richtung des Wassergeräuschs. Sabrina folgte ihm und sah bald einen Bach vor sich. Kristallklares Wasser sprudelte über ausgewaschenes Basaltgestein. Auf einer winzigen Lichtung hatte sich eine Wiese gebildet. Schmetterlinge flogen über Grashalme und Wildblumen. „Fast wie im Paradies, oder?“, feixte Joe. Sabrina nickte stumm. Es war wirklich wunderschön. Im Nu hatte sie sich die Schuhe ausgezogen und hielt die nackten, geschwollenen Füße ins kalte Wasser. Was für eine Wohltat. Sie schloss die Augen und ließ sich auf die Wiese sinken, während der Schmerz in ihren Füßen langsam nachließ.

„Sie können sich Zeit lassen. Es ist viel zu heiß, um weiter zu gehen. Wir werden uns zwei Stunden ausruhen. Sie sollten was essen und vielleicht ein kleines Nickerchen halten.“

Joe hatte bereits eines der Sandwichs, die sie sich im Supermarkt gekauft hatten, aus dem Rucksack geholt und biss hinein. Erst jetzt bemerkte Sabrina, wie hungrig sie war. Schweigend verspeisten sie ihr Mittagessen.

„Haben Sie schon mal an diesem Platz gerastet?“, fragte sie.

Joes Stimme klang gelangweilt. „Schon ziemlich oft. Früher habe ich meinen Vater bei seinen Touren begleiten. Er ist ein guter Guide. Und die Touris lieben diese Stelle.“

„Und Sie? Wollen Sie auch mal ein guter Guide werden?“

Joe lächelte verächtlich. „Sie glauben also nicht, dass ich schon einer bin?“

Sabrina verschluckte sich fast an ihrem Brot. „Das

habe ich nicht so gemeint. Bitte entschuldigen Sie. Ich dachte nur, weil Sie noch so jung sind und Ihren Vater vertreten."

Sie spüre selbst, dass ihre Entschuldigung irgendwie lahm klang.

Joe winkte ab. „Schon gut. Es ist, ehrlich gesagt, nicht mein Lebensziel, ein guter Guide zu sein. Ich finde, da gibt es lohnenswertere Dinge."

„Was denn zum Beispiel?", fragte Sabrina. Sie sprach mit freundlicher Stimme. Joes Antwort interessierte sie wirklich.

„Ich wüsste nicht, was Sie das angeht", antwortete Joe.

Sabrina schnappte nach Luft. Sie fühlte sich sofort ungerecht behandelt, persönlich angegriffen. Dabei hatte sie die Frage nur nett gemeint. Beleidigt schwieg sie und wartete darauf, dass Joe einlenkte. Doch der nahm seinen Rucksack, zog sich in den Schatten zurück und legte sich für einen Mittagsschlaf ins Gras.

Das darf ja wohl nicht wahr sein, dachte Sabrina. Sie ärgerte sich maßlos über Joes respektlose Art. Immerhin mussten sie noch ein paar Tage einigermaßen miteinander auskommen. Das fing ja gut an. Verärgert trank Sabrina ihre Flasche aus, die sie zuvor mit dem kühlen Bachwasser gefüllt hatte, und suchte sich dann ebenfalls einen Platz für ihre Mittagsruhe. Möglichst weit von Joe entfernt.

Sie war tatsächlich eingeschlafen. Erst als eine Hand sie kräftig an der Schulter berührte, schreckte sie hoch und sah Joe, der finster auf sie herabblickte.

„Wir müssen weiter", ließ er sie wissen. Sabrina schaute auf die Uhr. Sie hatte eineinhalb Stunden geschlafen. Mühsam rappelte sie sich hoch und stellte fest, dass beinahe alle Knochen schmerzten. Das Liegen auf der harten Erde hatte die Sache nicht gerade besser gemacht. Schnell füllte sie ihre Wasserflaschen am Bach auf, hievte den Rucksack auf den Rücken und ging zu Joe, der bereits auf sie wartete.

„Geht's wieder?", fragte er. Sie nickte nur. Diesmal hatte sie keine Lust, sich mit ihm zu unterhalten. Sie hätte gerne gewusst, wie lange sie heute noch gehen würden, aber da sie einen entsprechenden Kommentar von Joe fürchtete, verkniff sie sich die Frage.

Auf Island war ich besser trainiert, ärgerte sich Sabrina selbst über ihre schlechte Kondition. Als sie im vergangenen Sommer auf einem isländischen Reiterhof gearbeitet hatte, war sie in Topform gewesen. In New York saß sie fast nur vor ihrem Zeichenblock oder in Vorlesungen. Um nicht ganz einzurosten, hatte sie einen wöchentlichen Yogakurs belegt und ging ab und zu im Central Park spazieren. Das war's dann schon mit den sportlichen Aktivitäten. Jetzt verfluchte sie sich dafür, in den letzten Wochen nicht mehr trainiert zu haben. Sie merkte selbst, dass sie immer langsamer wurde und Joe immer öfter auf sie warten musste.

Wieder war der Aborigine stehen geblieben. „Sie können nicht mehr, oder?" Seine Augen schienen sie zu durchbohren. Sein Ton klang vorwurfsvoll.

„Doch, doch, ich brauche nur eine Minute. Dann können wir weitergehen", stotterte Sabrina.

Joe starrte sie eine Weile wortlos an und schien zu überlegen. „Es hat keinen Sinn. Eigentlich wollte ich heute mit Ihnen bis zu einem Hostel laufen, wo wir übernachten können. Aber das schaffen Sie nie und nimmer."

„Aber wir könnten es doch versuchen. Ich brauche wirklich nur eine kleine Pause. Dann geht es wieder", sagte Sabrina.

Joe lachte kurz auf. „Vielleicht. Aber dann können wir die Tour morgen abbrechen, weil Sie fertig sind."

„Nein, Joe. Ich bin zäh. Sie werden schon sehen, morgen geht es besser."

„Bullshit. Morgen werden Sie den Muskelkater Ihres Lebens haben. Wir werden jetzt noch ein wenig weiter gehen, bis wir wieder an den Bach kommen. Dort schlagen wir unser Nachtlager auf."

Sabrina wagte nicht, zu widersprechen. Obwohl ihr die Vorstellung, die Nacht alleine mit Joe draußen zu verbringen, alles andere als angenehm erschien. Aber was blieb ihr schon anderes übrig?

„Okay, wir können weiter", hauchte sie.

Joe winkte sie mit einer Handbewegung an ihm vorbei. „Nach Ihnen", sagte er. „Ist mir lieber, ich sehe es gleich, wenn Sie vor Erschöpfung aus den Latschen kippen."

Sabrina schluckte und ging dann ohne ein weiteres Wort voran. Das Vergnügen, sie in den Dreck fliegen zu sehen, würde sie Joe keinesfalls bereiten. Sie konzentrierte sich darauf, einfach einen Schritt vor den anderen zu setzen und stellte sich dabei vor, wie sie in die Golden Cabin zurückkehrte. Sie würde die Musik einschalten, sich wieder ein duftendes Bad in den Whirlpool einlassen, ein kühles Bier trinken, ein fantastisches Essen im Restaurant genießen ... Während sie nach oben in die silbrig glänzenden Blätter der Eukalyptusbäume schaute, trug sie das Kopfkino in ein angenehmes Szenario. Wie in Trance folgte sie dem schmalen Weg durch den Wald und hatte Joe hinter sich fast vergessen.

„Stop. Bleiben Sie sofort stehen“, holte seine Stimme sie plötzlich in die Wirklichkeit zurück. Er hatte leise gesprochen, aber es hatte eine deutliche Schärfe in seinen Worten gelegen. Und vielleicht sogar so etwas wie Angst? Sabrina war wie angewurzelt stehengeblieben. Außer Joes Befehl hatte sie nämlich noch etwas anderes gehört. Direkt vor ihr zischelte es leise. Als sie nun vor sich auf den Boden blickte, schlängelte sich eine bestimmt einen Meter zwanzig lange Schlange nur wenige Zentimeter vor ihren Füßen über den Pfad. Die Schlange hatte sich aufgerichtet, ihre Augen fixierten sie. Die Zunge schoss in kurzen Abständen aus ihrem geöffneten Maul. Sabrina blieb stocksteif stehen und bewegte sich nicht. Die Schlange konnte sie jederzeit mit einer schnellen Bewegung erreichen und beißen.

Joe zog von hinten an ihrem T-Shirt. „Gehen Sie ganz langsam zurück. Keine hektische Bewegung. Los, gehen Sie zurück.“

Schritt für Schritt bewegte sich Sabina rückwärts und ließ die Schlange dabei nicht aus den Augen. Sie zischelte noch immer aufgerichtet in ihre Richtung. Der gemusterte Leib glänzte in der Sonne. Als sie etwa drei Meter von der Schlange entfernt war, blieb sie stehen. Das Tier ließ seinen Kopf wieder auf die Erde sinken und verschwand im Dickicht des Waldes.

„Sie... sie war wahrscheinlich gar nicht giftig, oder?“, fragte Sabrina, obwohl sie etwas anderes glaubte.

Joe hatte sie inzwischen wieder losgelassen. „Oh

doch, das war sie“, antwortete er. Seine Stimme hatte erneut den gewohnt gelangweilten Tonfall angenommen. „Das war eine Tiger Snake. Ein prächtiges Exemplar übrigens.“

„Und Tiger Snakes sind also gefährlich? Oder was wollen Sie damit andeuten?“, fragte Sabrina.

„Kann man so sagen. Sie gehören zu den giftigsten Schlangen der Welt. Ich schätze, Sie haben einen ganz guten Schutzengel auf Ihrer Seite.“

Sabrina fühlte, wie das Adrenalin langsam aus ihrem Körper wich. War sie gerade wirklich in großer Gefahr gewesen? Hatte Joe ihr vielleicht sogar das Leben gerettet? Alles war so schnell gegangen. Sie konnte noch gar nicht realisieren, was passiert war. Aber vermutlich war es keine schlechte Idee, sich bei Joe zu bedanken.

„Dumm von mir, dass ich nicht besser aufgepasst habe. Ein Glück, dass Sie die Schlange sofort gesehen haben. Vielen Dank, Joe“, murmelte sie erschöpft.

„Ich glaube nicht, dass sie Sie beißen wollte. Das Zischeln war eine Warnung, dass Sie nicht weitergehen sollten. Fast hätten Sie ja auf sie draufgetreten. Wo waren Sie bloß mit Ihren Gedanken?“

Sabrina errötete. Dass sie im Geiste gerade nackt in einem mit Rosenblättern bestreuten Whirlpool gelegen hatte, wollte sie Joe ganz gewiss nicht auf die Nase binden.

„Ich habe wohl ein wenig geträumt“, sagte sie und rieb sich den Schweiß von der Stirn. Am liebsten hätte sie eine Runde geheult. In was für eine Scheiß-Situation war sie da geraten? Irgendwie wurde alles immer schlimmer und schlimmer. Auf einmal kam ihr die Begegnung mit der

Tiger Snake wie ein Déjà-vu-Erlebnis vor. Sie hatte zwar noch nie in freier Wildbahn eine Schlange gesehen, aber sie erinnerte sich jetzt deutlich daran, in New York von einer Schlange geträumt zu haben. Obwohl es noch immer an die 30 Grad warm war, fröstelte sie. Was hatte das alles zu bedeuten?

Selbst Mr. Nur-keine-Gefühle-zeigen-Joe schien zu spüren, dass Sabrina einfach nicht mehr konnte. Weder psychisch noch physisch. Er klopfte ihr unbeholfen auf die Schulter und und schlug einen netteren Tonfall an.

„Na kommen Sie, jetzt ist es nicht mehr weit. Vielleicht noch eine Dreiviertelstunde. Dann haben wir den Platz für unser Nachtlager erreicht."

„Okay. Das schaffe ich. Aber bitte gehen Sie besser wieder voran", entgegnete Sabrina und straffte die Schultern.

„Kein Problem. Halten Sie sich einfach dicht hinter mir", sagte Joe und folgte dem Pfad, auf dem sich nun immer mehr dicke Felsbrocken türmten. Kurze Zeit später erreichten sie die Stelle, die Joe für ihr Nachtlager auserkoren hatte.

„Was ist, wenn wieder eine Schlange kommt, während wir schlafen?", fragte Sabrina nervös. Sie war zwar kein Angsthase, aber die Vorstellung, plötzlich eine Schlange in ihrem Schlafsack vorzufinden, fand sie alles andere als beruhigend.

„Keine Sorge. Wir werden in einer Höhle schlafen und ein Feuer machen. Da kommt keine Schlange. Die Tiger Snake eben hatte es ja auch nicht auf Sie abgesehen. Sie lebt hier, und sie wollte den Weg überqueren, als wir dazwischen kamen. Es war einfach nur ein ungünstiges

Timing."

„Aha. Na, wenn es bei der einen Schlange bleibt, ist es ja gut", sagte Sabrina und ließ ihren Rucksack auf den Boden gleiten. Sie wünschte, sie hätten es bis zum Hostel geschafft, aber da war einfach nichts zu machen. Diese Nacht würde sie irgendwie überstehen müssen. Sie sah sich um. „Wo ist denn die Höhle?", fragte sie.

„Sie stehen fast genau davor", antwortete Joe und bog die Zweige eines riesigen Farns zurück. Tatsächlich, dahinter erkannte Sabrina die Öffnung einer kleinen Höhle.

„Es ist zwar nicht das Ritz, aber für eine Nacht wird es wohl gehen", grinste Joe.

Die Höhle war vielleicht fünf Meter groß und so hoch, dass man gebückt darin stehen konnte. „Haben Sie hier schon öfters übernachtet?", fragte Sabrina.

„Früher ja. Aber ich bin schon Jahre nicht mehr hier gewesen. Ich glaube nicht, dass viele Leute diese Höhle kennen", meinte Joe.

Gemeinsam sammelten sie Zweige und Gras für ihr Nachtlager. Joe kümmerte sich um die Feuerstelle. Jetzt im australischen Sommer war es eigentlich verboten, ein Feuer anzuzünden. Immer wieder brachen Buschfeuer aus, die oftmals große Teile des Landes vernichteten. In der Höhle bestand jedoch keine Gefahr, dass sich durch Funkenflug etwas entzünden konnte. Und Joe hatte schon als kleiner Junge von seinem Großvater gelernt, wie man ein sicheres Feuer für die Nacht bereitet.

Sabrina nutzte die Zeit, um sich im Bach zu waschen und eine lange Hose und einen Pullover anzuziehen. Danach fühlte sie sich etwas besser. Draußen wurde es langsam dunkel. Joe entzündete das Feuer und wärmte zwei Dosen Ravioli auf, die sie im Supermarkt eingekauft hatten. Sie aßen die Nudeln direkt aus der Dose, und Sabrina fand, dass Ravioli noch nie so gut geschmeckt hatten.

„Fertig?“, fragte Joe und nahm ihr die blankgeputzte Dose ab.

„Leider ja“, antwortete Sabrina, die irgendwie immer noch Hunger verspürte.

„Wir haben noch Kekse. Eine Packung können wir essen, die andere gibt es morgen zum Frühstück“, sagte Joe, nahm die Dosen und wandte sich zum Gehen.

„Wo wollen Sie hin?“, fragte Sabrina.

„Ich hole Wasser zum Kaffeekochen.“

Wenig später blubberte das Wasser in den ausgespülten Raviolidosen. Joe schüttete Nescafé-Pulver in zwei Plastikbecher und reichte Sabrina den Kaffee.

„Sie sind bestimmt Besseres gewohnt, aber sehen Sie’s als Abenteuerurlaub.“

„Ja. Meinen Urlaub hatte ich mir anders vorgestellt“, antwortete Sabrina mit dünner Stimme. Joe musterte sie forschend.

„Eines muss ich Ihnen ja lassen. Sie haben Mumm in den Knochen, hier mit mir loszuziehen, um Ihren Freund zu suchen. Sind Sie sicher, dass er es wert ist?“

„Absolut. Sonst wäre ich nicht hier“, murmelte Sabrina und pustete in ihren heißen Kaffee. Sie hatte keine Lust, sich mit Joe über Scott zu unterhalten. Die geringschätzige Art des Aborigines ging ihr auf den Geist. Warum sollte sie ihr Handeln vor ihm rechtfertigen?

Joe kramte in seinem Rucksack, holte eine Flasche

Whisky heraus und schüttete einen großen Schluck in seinen Kaffee, bevor er die Flasche wieder einpackte. „Mein Schlummertrunk."

Sabrina nickte geistesabwesend.

„Und? Immer noch Angst vor Schlangen?" Joe schien jetzt in Plauderstimmung zu sein.

„Nein. Sie haben mir ja versichert, dass hier keine seien. Warum sollte ich also Angst haben?"

„Brauchen Sie auch nicht. Kennen Sie eigentlich die Geschichte von der Regenbogenschlange?"

Sabrina schüttelte den Kopf. „Nie gehört."

„Mein Großvater hat mir von ihr erzählt, als ich noch ganz klein war. Sie ist das wichtigste Symbol unserer Mythologie."

Sabrina hatte schon von der Traumzeit der Aborigines gehört. Für sie klang die Schöpfungsgeschichte dieses uralten Volkes wie ein Märchen. Sie erinnerte sich, dass sie gelesen hatte, dass die Traumzeit sowohl vor langer Zeit, als auch hier und jetzt sowie in der Zukunft existierte. So war alles immer miteinander verbunden.

Während sie sich an den warmen Stein der Höhle lehnte und ins flackernde Licht des Feuers blickte, kam ihr die Traumzeit gar nicht mehr so abwegig vor. Sie musste an Èlin denken, die isländische Heilerin, die sogar mit den Toten in Kontakt treten konnte. Und hatte nicht sogar Einstein mit seiner Relativitätstheorie die Möglichkeit von Reisen durch die Zeit eingeräumt?

Wer hatte vor tausend Jahren an dieser Stelle gelegen? Wer würde es in der Zukunft sein? Und würde derjenige dann auch noch den Hauch ihrer eigenen Präsenz spüren?

Joes Stimme riss sie aus ihren Gedanken. „Vor langer Zeit, als es noch kein Land und keine Lebewesen gab, lebte nur die Regenbogenschlange im großen Salzwasser. Sie hieß Ungud, und sie besaß einen Bumerang. Eines Tages tauchte sie aus dem Salzwasser auf und warf den Bumerang in einem hohen Bogen über das Wasser. Überall, wo er die Oberfläche berührte, entstand Land."

Joe machte eine Pause und trank einen Schluck Kaffee, bevor er fortfuhr. „Dann stieg die Regenbogenschlange aus dem Wasser und spazierte über das neu entstandene Land. An manchen Stellen legte sie ein paar Eier ab. Aus ihnen schlüpften nach einiger Zeit neue Wesen. Und das waren die Wondjinas, die Ahnen der Menschen."

„Und die Regenbogenschlange? Was wurde aus ihr?", fragte Sabrina.

„Sie schläft in der Erde und wacht über jene unterirdischen Kräfte, die sich nicht von den Menschen beherrschen lassen." Joe schwieg einen Moment und sah sie dann an. „Wer die Regenbogenschlange in ihrem Schlaf stört, wird ungeahnte Zerstörung hervorrufen."

Sabrina musste an ihre Begegnung mit der Tiger Snake denken. Sie war wie aus heiterem Himmel vor ihr aufgetaucht. Hatte sie das Tier aus seinem Schlaf geweckt? Eine Gänsehaut breitete sich auf ihren Armen aus. Wieder hatte sie das unbestimmte Gefühl, in etwas hineingeraten zu sein, auf das sie keinen Einfluss hatte. Wie schon auf dem Flughafen in New York, in jenen Minuten als sie Scott zum letzten Mal gesehen hatte, war es, als würde sich ein drohendes Unheil vor ihr ausbreiten, das sie unaufhaltsam anzog.

„Vielleicht sollten wir jetzt besser schlafen. Morgen wird's nochmal anstrengend für Sie", sagte Joe und nahm noch einen kräftigen Schluck aus seiner Whiskyflasche. Der Geruch nach Alkohol schwebte in der Höhle, als er sich umdrehte und wenige Minuten später zu schnarchen begann.

Sabrina kuschelte sich in ihren Schlafsack ein und schloss die Augen. Doch so müde sie auch war, konnte sie doch keinen Schlaf finden. Immer wieder tauchte das Gesicht von Scott in ihrem Inneren auf. Er war jetzt schon seit so vielen Tagen verschwunden. Sabrina wusste, dass – sollte er verletzt irgendwo alleine liegen – er schon längst tot sein würde. Kein Mensch könnte so lange ohne Wasser und Nahrung in der Wildnis überleben. Noch dazu bei dieser mörderischen Hitze. War Scott tot?

Die Möglichkeit, dass er aus freiem Willen einfach abgehauen war, schloss Sabrina nach wie vor aus. Sie war sich tausendprozentig sicher, dass Scott so etwas nie tun würde. Wo bist du?, fragte sie sich immer wieder in Gedanken und hoffte auf irgendein Zeichen, auf eine Intuition.

Aber sie hörte nur das Knacken der Äste im Feuer, bis es irgendwann erloschen war. In der Ferne erklang der Ruf des Kokaburra. Der Wind strich leise über die Zweige des Riesenfarns vor der Höhle. Wie vor Jahrtausenden drangen die Geräusche der Natur an ihre Ohren. Sie nisteten sich in ihrem Kopf ein. Gedanken, Gefühle und Träume vermischten sich. Die Regenbogenschlange schlängelte sich aus ihrem geheimen Erdreich und beobachtete die junge Frau, die zusammengerollt in der Höhle lag. Endlich hatte der Schlaf sie übermannt.

## Scott

Auch Scott fand in dieser Nacht keinen Schlaf. Unruhig wälzte er sich auf seiner Pritsche hin und her. Er hatte sich inzwischen von den Betäubungsmitteln erholt und war wieder zu Kräften gekommen. Es machte ihn fast wahnsinnig, mehr oder weniger den ganzen Tag in der kleinen Hütte zu sitzen und sich kaum bewegen zu können. Mel gestattete ihm zwar ab und zu, nach draußen zu gehen, aber dann war er stets hinter oder neben ihm. Scott hatte den Eindruck, dass etwas in ihm zu arbeiten begonnen hatte, nachdem er über seine verkorkste Kindheit gesprochen hatte. Er hatte ihn einige Male dabei erwischt, wie er grübelnd am Tisch saß oder blicklos in die Ferne starrte. Manchmal kam danach eine überraschende Frage über seine Lippen. „Glaubst du, dass man auch in meinem Alter nochmal ganz von vorne anfangen könnte?“, hatte er ihn zum Beispiel gefragt.

Scott hatte ihn konsterniert angesehen und gesagt: „Natürlich. Man kann immer von vorne anfangen. Jeder hat die Wahl. Du selbst schreibst deine Geschichte.“

Mel hatte bedächtig genickt, aber nicht sehr zuversichtlich ausgesehen. „Aber ich war im Gefängnis. Das wird mir immer anhängen. Kein Mensch würde mir einen richtigen Job geben.“

„Du musst damit aufhören, dir selbst leidzutun“, hatte Scott geantwortet. „Du kannst irgendwo hinziehen, wo niemand deine Vergangenheit kennt. Du kannst dich in deiner Nachbarschaft engagieren, neue Freunde finden. Und wenn du gut in etwas bist, wirst du auch einen Job bekommen.“

Er habe als junger Mann in verschiedenen Autowerkstätten gearbeitet, hatte Mel ihm erzählt. Und dass er jedes Auto reparieren könnte. „Na also, dann mach was draus. Lass diesen Scheiß hinter dir und krieg dein Leben in den Griff“, hatte Scott ihn beschworen. Am liebsten hätte er noch hinzugesetzt, dass er damit anfangen könnte, ihn frei zu lassen. Aber das Thema hatten sie ja schon gehabt. Mel wusste nur zu gut, dass Scott alles darum gegeben hätte, endlich wieder frei zu sein.

Scott hatte sich nicht zum ersten Mal über seinen Kidnapper gewundert. So gefährlich er auch wirkte, so erwies er sich doch auf den zweiten Blick immer mehr als ganz netter Kerl. Unter anderen Umständen wäre Scott bestimmt ein Bier mit ihm trinken gegangen. Auch wenn Mel nicht darüber sprechen wollte, hatte Scott das Gefühl, dass er ihn sofort gehen lassen würde, wenn dieser merkwürdige Partner nicht wäre. Offensichtlich hatte Mel Angst vor ihm.

Ein fahler Mond warf sein Licht in die Hütte. Scott richtete seinen Blick auf die gegenüberliegende Wand. Nur drei Meter von ihm entfernt hatte Mel sein Klappbett aufgeschlagen, das er jeden Morgen nach draußen trug. Mel lag auf der Seite und schnarchte schon seit Stunden vor sich hin. *Jetzt oder nie.*

Vorsichtig schwang Scott seine Beine aus dem Bett und setzte sich auf. Seine Hände waren wie immer gefesselt, aber auf die Fußfesseln hatte Mel seit drei Tagen verzichtet. So leise wie möglich, stand Scott auf und ging an dem schlafenden Mel vorbei ins Badezimmer. Die Tür ließ sich zwar nicht ganz schließen, aber er zog sie so weit zu, wie es eben ging. Das Quietschen der seit ewigen

Zeiten nicht geölten Scharniere durchbrach die Stille. Scott hielt die Luft an und wartete. Mel schnarchte ohne Unterbrechung weiter. Scott atmete auf. Er wagte nicht, das Licht einzuschalten und tastete sich im Halbdunkel vor, bis er vor dem fleckigen Spiegelschrank stand. Er hob beide Hände, öffnete die Tür und sah das Päckchen mit den Rasierklingen in der Ecke liegen. Er hatte es erst gestern entdeckt, als Mel ihm endlich erlaubt hatte, sich zu rasieren. Natürlich hatte Mel die ganze Zeit mit der Pistole in der Hand hinter ihm gestanden.

Vorsichtig holte Scott das Päckchen hervor, öffnete es und zählte 21 Rasierklingen einer Billigmarke. Hatte Mel sie abgezählt? Würde er es merken, wenn er eine Klinge herausnahm? Er musste es einfach versuchen. Die Plastikverpackung gab ein leises Geräusch von sich, als er die Klinge entfernte. Schnell legte er die restlichen zurück und schloss die Tür.

„Was machst du da, Scott?“, hörte er im selben Moment eine tiefe Stimme in seinem Rücken. Sein eigener Herzschlag dröhnte in seinen Ohren. Wie lange stand Mel schon hinter der Tür? Er war so auf die Rasierklingen fixiert gewesen, dass er nicht mehr darauf geachtet hatte, ob Mel noch schnarchte oder nicht.

„Musste mal pinkeln. Sorry, dass ich dich geweckt habe“, sagte Scott und hoffte, dass seine Stimme so normal wie immer klang.

Es blieb einen Moment lang still, während sich Scott auf die Toilette setzte. Mit einem langgezogenem Quietschen öffnete sich die Tür. Mel stand vor ihm und hielt die Pistole in der Hand. Schweigend musterte er seinen Gefangenen. Dann gab er der Tür einen Tritt und brummte: „Dann mach das, du Idiot, und geh wieder ins Bett."

Scott hörte, wie die Sprungfedern jaulten, als Mel sich auf sein Bett warf. Langsam normalisierte sich sein Puls. Er zog die Spülung und kehrte ebenfalls ins Bett zurück. Die Rasierklinge schob er vorerst unter die Matratze. Sie war sein Ticket in die Freiheit.

## Nick

Nick rieb sich müde die Augen und lehnte sich auf seinem Stuhl zurück. Er saß seit Stunden vor dem Rechner und hatte im Internet recherchiert. Es war zwei Uhr nachts, eigentlich sollte er längst schlafen, schließlich musste er morgen wieder arbeiten. Aber seitdem Sabrina ihn von Melbourne aus angerufen hatte, weil Scott spurlos verschwunden war, fand er keine Ruhe mehr. Am liebsten wäre er selbst sofort ins nächste Flugzeug gestiegen, um nach seinem besten Kumpel zu suchen. Nick gähnte. Er stand auf und machte sich einen weiteren Kaffee in seiner Junggesellen-Küche.

Australien – vielleicht sollte ich längst dort sein, dachte er. Scott würde bestimmt von ihm erwarten, dass er sich um Sabrina kümmerte. Er hatte kein gutes Gefühl bei dem Gedanken, dass sie sich ganz allein auf die Socken gemacht hatte, um nach Scott zu suchen. Bis jetzt hatte er versucht, von zu Hause aus zu helfen. Für ihn stand fest, dass Scott seine Freundin auf keinen Fall aus freien Stücken sitzengelassen hatte. Dafür kannte er ihn viel zu gut. Wenn es einen Menschen auf der Welt gab, dem Nick hundertprozentig vertraute, dann war das Scott McNara. Sie waren seit 15 Jahren befreundet. Damals hatten sie beide etwa gleichzeitig bei der New York Times angefangen. Als Greenhorns in der Zeitungsredaktion hatten sie es bei ihren Kollegen zu Anfang nicht leicht gehabt. Nick hatte seine Artikel zigmal umschreiben müssen, bevor sie endlich Gnade vor dem Chefredakteur fanden. Und Scott hatte seine Fotos zu Anfang vor die Füße geworfen bekommen mit dem vernichtenden Urteil, dass sie höchstens Provinz-Klasse besaßen. Doch beide hatten sich nicht unterkriegen lassen. Verbissen hatten sie an sich gearbeitet, ihren eigenen Stil entwickelt. Irgendwann war es dann soweit: Sie hatten die Durststrecke überwunden. Heute zählten sie zu den besten Mitarbeitern der Zeitung. Einige von Scotts Fotos waren sogar prämiert worden.

Nick trank einen Schluck von seinem Kaffee und starrte aus dem Fenster in die Nacht. Selbst um diese Uhrzeit blinkten die Lichter der Stadt, Autos fuhren auf der Straße tief unter seinem Appartement, dass sich im 15. Stockwerk eines Hochhauses befand. Nick versuchte, sich vorzustellen, wie die Nächte in der Wildnis der Grampians aussahen. War Scott bei dem Versuch, ein besonders gutes Bild zu schießen, von einem Felsen gestürzt und konnte sich nicht mehr helfen? Hatte er einsam in der Dunkelheit gelegen und auf Hilfe gehofft?

Vor seiner Abreise hatte er Nick begeistert erzählt, dass er sich darauf freue, endlich einmal das Kreuz des Südens zu sehen. *Hast du deine Sterne gefunden, Scott?*

Nick schüttelte sich. Obwohl die Heizung in seiner Wohnung voll aufgedreht war, fror er. „Scott, du verdammter Hund, wo bist du?“, murmelte er und wippte auf den Zehen auf und ab. Er hatte viel zu lange am Computer gesessen, seine Glieder fühlten sich steif an. Trotzdem konnte er einfach noch nicht ins Bett gehen. Er weigerte sich zu glauben, dass Scott tot war. Solange seine Leiche nicht gefunden war, bestand Hoffnung.

„Never give up“, wiederholte er den Spruch, den Scott und er sich am Anfang ihrer Zeit bei der Times immer wieder vorgesagt hatten. Ihr Credo galt weiterhin. Jetzt mehr noch als je zuvor.

Seit Stunden hatte Nick das Internet nach Verbrechensfällen im Bundesstaat Victoria durchsucht. Es gab nicht besonders viele, ein paar Überfälle, Diebstahl, Vergewaltigungen, das Übliche. Im Großen und Ganzen schien Südaustralien jedoch ein sehr sicheres Land zu sein. Vielleicht sollte er seine Suche auf andere Bundesstaaten ausweiten?

Nick seufzte. Er musste es wenigstens versuchen. Das war er Scott und auch Sabrina schuldig. Wenn er bis morgen nichts fand, würde er Urlaub nehmen und nach Melbourne fliegen. Aber zunächst konzentrierte sich Nick auf New South Wales mit seiner Metropole Sydney. Er stöberte sich durch Kriminalfälle, die durch die australische Presse gegangen waren und schlief fast vor dem Bildschirm ein. Irgendwann nahm er sich den Bundesstaat Westaustralien vor. Als die Morgendämmerung ihren ersten goldenen Schimmer in sein Apartment warf, schlug Nicks Herz schneller. Er hatte etwas gefunden. Vor einigen Monaten waren immer wieder Mietwagen verschwunden. Meist waren die Autos von Parkplätzen in Nationalparks geklaut worden, während die Touristen auf Wanderungen unterwegs waren. Die Wagen tauchten nie wieder auf. Einmal war sogar ein Urlauber niedergeschlagen worden. Als er erwachte, konnte er sich an nichts mehr erinnern und sein Auto war weg. Nachdem die Diebstahlserie die Polizei über Wochen in Atem gehalten hatte, endete sie plötzlich, ohne dass die Diebesbande geschnappt worden war. Die Polizei vermutete, dass der Bandenchef wegen eines anderes Deliktes festgenommen worden war. Letztendlich waren jedoch alle froh, dass die Sache ein Ende gefunden hatte. Es erschienen noch einige Artikel in den Zeitungen, in denen verschiedene Vermutungen geäußert wurden, dann war wieder Ruhe eingekehrt.

Nick war jetzt hellwach. Es mochte falsch sein und war vielleicht weit hergeholt. Aber es war eine Möglichkeit. Auch Scotts Auto war spurlos verschwunden. Was wäre, wenn die Diebesbande ihr Revier einfach nach Victoria verlegt hatte?

## Sabrina

Es war noch dämmrig in der Höhle, als Sabrina erwachte. Bestimmt ist die Sonne noch gar nicht aufgegangen, dachte sie, und richtete sich in ihrem Schlafsack auf. Joe war verschwunden, und ein Blick auf die Armbanduhr verriet ihr, dass es schon halb neun war. Der große Farn am Eingang der Höhle verhinderte, dass viel Licht ins Innere drang. Sabrina schüttelte ihre lange Mähne und stand auf. Jeder Knochen in ihrem Körper schmerzte. Zum Muskelkater von dem ungewohnten Wandern gesellten sich noch die Gliederschmerzen vom Schlafen auf der Erde.

Stöhnend griff sich Sabrina die Waschsachen aus ihrem Rucksack und machte sich auf den Weg zum Bach. Joe saß am Ufer und schnippte flache Kiesel ins Wasser.

„Guten Morgen. Wie geht es Ihnen? Sie haben bestimmt einen ziemlichen Muskelkater, was?“

„Danke, mir geht es bestens“, log Sabrina, schritt an Joe vorbei und begann damit, sich im Bach zu waschen. Das eiskalte Wasser half jedenfalls dabei, schnell wach zu werden.

„Na dann ist ja gut. Ich werde nochmal ein Feuer machen und uns Kaffee kochen. Nach dem Frühstück geht’s dann weiter.“

Dankbar schlürfte Sabrina wenig später ihren heißen Kaffee und aß einige Kekse dazu. Bis auf ein paar Müsliriegel und zwei Äpfel waren ihre Essensvorräte damit aufgebraucht. Sie hatten sich vor die Höhle auf die Erde gesetzt und blickten auf die grüne Wildnis, die vor ihnen lag.

„Wie weit ist es bis zu dem Guesthouse?", fragte Sabrina.

„Wir müssen erst auf den Weg von gestern zurückkehren und von da sind es vielleicht 15 Kilometer. Also nicht besonders weit."

Für dich vielleicht nicht, aber mit Blasen an den Füßen wird das bestimmt nicht lustig, dachte Sabrina.

Ihr fiel ein, dass sie heute noch gar nicht auf ihr Handy gesehen hatte, ob eine Nachricht für sie eingegangen war. Sie trank den letzten Schluck Kaffee und holte ihr Telefon aus einer Seitentasche. *Mist.* Der Akku war leer. Hoffentlich hatte sie daran gedacht, ihre Powerbank einzustecken. Hektisch durchwühlte sie ihren ganzen Rucksack.

„Suchen Sie was?", fragte Joe, der sie belustigt beobachtete.

„Meine Powerbank. Oder wenigstens mein Ladekabel."

„Wo sind hier bloß die Steckdosen?", blickte Joe sich um. Seine Stimme troff vor Ironie.

Scheißkerl, dachte Sabrina und setzte ihre Suche fort. Sie konnte nicht glauben, dass sie bei ihrem unüberlegten Aufbruch in der Nature Lodge vergessen hatte, das Kabel einzupacken. Aber genauso musste es gewesen sein. Frustriert zog Sabrina den Reißverschluss ihres Rucksacks wieder zu.

„Haben Sie zufällig ein iPhone und ein Ladekabel dafür oder eine Powerbank?"

„Sorry. Ich habe ein Samsung." Joe hielt sein Telefon hoch und steckte es dann wieder in die Tasche seiner Jeans.

„Wollen Sie Mama und Papa anrufen?“

„Vergessen Sie’s. Von mir aus können wir jetzt losgehen.“ Sabrina war aufgestanden. Hoffentlich konnte ihr jemand in diesem Guesthouse ein Ladekabel leihen. *Wenn sie doch nur schon dort wären.*

Nachdem sie ihren Lagerplatz aufgeräumt hatten, hievte sie ihren Rucksack auf den Rücken.

„Na dann wollen wir mal“, versuchte sie, optimistisch zu klingen.

Heute war der Himmel bedeckt, was das Laufen etwas angenehmer machte. Bestimmt war es aber noch knapp 30 Grad warm, schätzte Sabrina. Sie empfand jeden Schritt als Qual. Im Guesthouse würde sie erstmal ihre Füße verarzten müssen.

Joe ging langsamer als am Vortag und sah sich immer wieder um, ob sie noch dicht hinter ihm war. Nach einer Stunde wurde der Pfad breiter, und sie konnten nebeneinander marschieren.

„Was machen wir, wenn wir am Guesthouse sind?“, fragte Sabrina.

Joe grinste. „Ausruhen, nehme ich an. Oder wollten Sie zum Bungee-Springen gehen?“

Sabrina konnte über seinen Witz nicht lachen. Überhaupt fühlte sie schon wieder eine leichte Wut gegenüber Joe in sich aufsteigen. Sie hatte ständig das Gefühl, dass er sie verachtete, und langsam hatte sie genug davon.

„Hören Sie, vielleicht haben Sie es ja immer noch nicht kapiert, aber ich mache das hier nicht zu meinem Vergnügen. Ich habe Sie engagiert, damit Sie mir helfen, meinen Freund zu finden. Bis jetzt konnte ich nicht feststellen, dass Sie irgendetwas in dieser Richtung unternommen haben!“

Sie war jetzt stehengeblieben, hatte die Hände in der Taille aufgestützt und blickte Joe böse an. Der fuhr herum, packte sie an den Schultern und schüttelte sie.

„Geht’s noch? Was glauben Sie eigentlich, wer Sie sind? Und wie Sie hier mit mir reden? Wenn ich wollte, könnte ich Sie hier stehen lassen und verschwinden, dann wären Sie bald genauso spurlos verschwunden wie Ihr toller Freund.“

Joes Augen hatten sich zu Schlitzen verengt, während er ihr jedes Wort entgegenspie. Sabrina trat einen Schritt zurück und riss sich aus seinem Griff.

„Lassen Sie mich los! Ich habe Sie nicht darum gebeten, mir zu helfen. Ich bezahle dafür. Ihre Mutter hat gesagt, Sie seien ein super Spurenleser. Aber davon habe ich bis jetzt noch nichts mitbekommen.“

Joe lachte, doch es klang eher wie ein Knurren. „Spuren lesen? Wessen Spuren? Sie glauben doch nicht wirklich, dass Ihr Freund hier lang gelaufen ist? Wo ist denn dann sein Auto? Außerdem wäre er längst von anderen Touristen entdeckt worden.“

Er schüttelte den Kopf. „Ich glaube, Sie wollen es nicht begreifen. Der Mann ist längst über alle Berge und hat sie sitzen gelassen. Unsere gemütliche Wandertour hier unternehmen wir nur, um Ihr schlechtes Gewissen zu beruhigen.“

„Sie meinen also, dass keine Chance besteht, Scott in den Grampians zu finden?“

Joe schüttelte abermals den Kopf. „Nicht die Geringste, Lady. Können wir jetzt weiter?“

Sabrina schluckte. Was sollte sie jetzt tun? Sie hasste diesen mürrischen Typen, der offenbar von Anfang an nicht einmal nach irgendeiner Spur Ausschau gehalten hatte. Wie hatte sie sich nur auf diesen Blödmann einlassen können? Sie hätte gleich auf ihr Bauchgefühl hören und nicht mit ihm gehen sollen. Jetzt war sie ihm auf Gedeih und Verderb ausgeliefert. Verzweifelt ließ sie die Schultern sinken. Es nutzte nichts. Sie standen hier in the middle of nowhere, und niemand wusste, wo sie war. Es gab gar keine andere Möglichkeit, als sich mit Joe gut zu stellen und ihm weiter zu folgen. Zumindest bis zu diesem Guesthouse.

Sie setzten ihren Marsch fort, jetzt wieder hintereinander, obwohl sie auch problemlos nebeneinander hätten gehen können. Joe hatte sich in Schweigen gehüllt, und auch Sabrina hing ihren Gedanken nach. Sie fragte sich, warum sich Joe so verdammt unkooperativ verhielt. Er hätte doch wenigstens so tun können, als würde er eine Spur verfolgen. Damit hätte er sie, seine Mutter und das Visitor Center zufrieden gestellt. Offenbar schien ihm nicht besonders viel an seinem Job zu liegen. Vielleicht hatte er ihn wirklich nur seiner Mutter zuliebe angenommen und war froh, wenn er wieder von hier verschwinden konnte, mutmaßte Sabrina. Sie humpelte inzwischen noch langsamer hinter Joe her. Die Blasen an ihren Füßen schmerzten höllisch.

„Könnten wir eine kurze Pause einlegen?“, fragte sie.

Joe blieb stehen. „Okay, Sie sind der Boss.“

Sabrina machte den Rucksack los und ließ sich auf die Erde sinken. Schlangen hin oder her, sie konnte einfach nicht mehr. Joe setzte sich ein paar Meter weiter auf einen großen Stein und trank aus seiner Wasserflasche.

„Sie müssen viel trinken“, sagte er nach einer Weile, in der Sabrina regungslos mit geschlossenen Augen dagesessen hatte.

„Ja. Ich weiß. Ich genieße es nur gerade, wie der Schmerz nachlässt“, antwortete sie. Schließlich kramte auch sie ihre Wasserflasche heraus und aß einen Müsliriegel. Dieser Tag würde als einer der schlimmsten in die Analen ihres Lebens eingehen.

„Wie weit ist es noch?“

Joe grinste. „Wir sind doch gerade erst losgegangen. Gute zehn Kilometer haben wir bestimmt noch.“

Sabrina nickte. „Okay. Einen Moment noch, ich bin gleich soweit.“

Sie erreichten das Guesthouse am Nachmittag. Sabrina hatte aufgehört, über ihre Schmerzen nachzudenken. Sie konzentrierte sich darauf, immer wieder einen Fuß vor den andern zu setzen. Nur nicht aufgeben. Den Spruch hatte sie sogar von Scott. Er hatte ihr davon erzählt, dass Nick und er sich dieses Credo immer wieder vorgesagt hatten, als es am Anfang ihrer Karriere bei der Zeitung nicht so rund lief.

„Ich gebe nicht auf, Scott. Niemals“, flüsterte sie und ignorierte den Wunsch, sich einfach ins Gras fallen zu lassen. Als sie schon gar nicht mehr damit rechnete, tauchte ein Haus vor ihnen auf. Sabrina wusste selbst nicht genau, was sie erwartet hatte. Den Himmel auf Erden wahrscheinlich. Das Haus, das nun vor ihnen aufragte, war so weit von dieser Vorstellung entfernt, wie es nur eben sein konnte.

Es ist nur eine große Wellblechhütte, dachte Sabrina,

während sie auf das Guesthouse starrte, dass dunkel im Schatten der Bäume lag. Alle Fenster, bis auf eines, waren mit Fensterläden verschlossen. An der einstmals rot gestrichenen Haustür blätterte die Farbe ab. Vor dem Eingangsbereich wucherte das Unkraut.

„Oh Gott. Hat das etwa geschlossen?“, rief Sabrina. Verzweiflung schwang in ihrer Stimme mit.

Joe schluckte. Anstatt zu antworten, ging er auf die Haustür zu und versuchte, sie zu öffnen.

„Abgeschlossen. Fuck“, murmelte er und begann damit, stärker an dem Griff zu ziehen.

„Das können Sie vergessen. Da ist niemand“, sagte Sabrina, die kurz davor war, in Tränen auszubrechen. Sie setzte sich auf die altersschwache Bank neben dem Eingang und vergrub ihren Kopf in den Händen. *Das durfte einfach nicht war sein. Hörte dieser Alptraum denn nie auf?*

Joe trat mit seinem Stiefel gegen die Tür und begann zu rufen. „He, Jack, du alter Gauner. Wo bist du? Mach die verdammte Tür auf!“

Kein Laut drang aus dem Inneren des Hauses. Es strahlte eine kühle, unheimliche Atmosphäre aus.

„Wer ist Jack?“, fragte Sabrina.

„Der Wirt. Ihm gehört der Laden hier. Als ich das letzte Mal hier war, hatte er die Hütte voll mit Touris.“

„Und wann war das?“

Joe schien einen Moment lang zu überlegen. „Vor vier oder fünf Jahren.“

Sabrina stöhnte. „Und da sind Sie nicht auf die Idee gekommen, sich vorher mal zu erkundigen, ob dieses Etablissement überhaupt noch geöffnet hat?“ Sie konnte es sich nicht verkneifen, einen gehässigen Unterton anzuschlagen.

Joe ging gar nicht darauf ein. Er begann damit, das Haus zu umrunden und an den Fensterläden zu rütteln. Sabrina sah ihm kopfschüttelnd zu. Nach einer Weile kehrte er zu ihr zurück und setzte sich neben sie auf die Bank.

„Hören Sie, es tut mir leid. Ich hab wirklich nicht gewusst, dass Jack sein Guesthouse geschlossen hat. Seine Frau ist vor einiger Zeit gestorben, und ich hatte gehört, dass es seitdem ziemlich mit ihm bergab gegangen ist. Alkohol und so..."

Er schwieg einen Moment und atmete tief durch. „Vielleicht ist er einfach nur ein paar Tage weggefahren. Es nützt nichts, wir müssen jetzt das Beste daraus machen."

Sabrina lachte freudlos auf. „Super Idee. Und wie stellen Sie sich das vor?"

„Ich bin sicher, dass Jack noch Vorräte im Haus hat. Und Betten gibt es dort schließlich auch. Wir müssen nur irgendwie reinkommen."

„Also ganz einfach, wir nehmen den Schlüssel, den er unter die Hausmatte gelegt hat und machen es uns gemütlich", sagte Sabrina im Plauderton.

„Blöde Ziege", murmelte Joe leise, aber noch so laut, das Sabrina es hören konnte. Er stand wieder auf und ging hinter das Haus. Sabrina hörte ein Geräusch, dass sich wie das Öffnen eines Tores anhörte, und folgte ihm. Sie sah gerade noch, wie Joe im Inneren eines Schuppens verschwand und humpelte dann ebenfalls darauf zu. Offenbar war die Remise nicht abgeschlossen gewesen. Im

Inneren des halbdunklen Gebäudes erkannte Sabrina eine Schreinerbank, jede Menge kaputte Möbel, dreckige Wäsche und überall Spinnweben. Joe kramte im hinteren Teil des Schuppens herum und kam mit triumphierender Miene auf sie zu. Er trug einen verrosteten Werkzeugkoffer in der Hand und stolzierte ohne ein weiteres Wort an ihr vorbei nach draußen. Widerwillig kam sie ihm nach und beobachtete, wie er sich mit dem Werkzeug an einem der Fenster zu schaffen machte. Zehn Minuten später hatte er zuerst den Fensterladen und dann das Fenster geöffnet. Er legte das Werkzeug zurück in den Koffer, schwang seine Beine über den Fensterrahmen und verschwand im Haus.

Sabrina blieb unschlüssig stehen. Sollte sie ebenfalls durchs Fenster klettern? Doch da wurde schon die Haustür geöffnet, und Joe grinste sie an. „Immerhin wusste ich noch, wo Jack seinen Ersatzschlüssel aufbewahrte."

Einen Moment lang zögerte Sabrina. Unerlaubt in ein fremdes Anwesen einzudringen, wäre ihr unter normalen Umständen niemals eingefallen. Aber das waren eben keine normalen Umstände, dachte sie, und betrat das Guesthouse. Ein modriger Geruch schlug ihr entgegen. Rechts vom Eingang befand sich eine Art Schankraum mit langen Tischen und Bänken sowie einer Theke, hinter der ein weiterer kleiner Raum lag, die Küche. Joe kramte bereits darin herum.

„Jedenfalls werden wir nicht verhungern", sagte er und hielt eine Tüte Nudeln und eine Dose mit Heißwürstchen hoch.

„Der Kühlschrank ist natürlich leer, war ja zu erwarten. Aber im Vorratsschrank sind noch einige

Konserven."

Sabrina war ihm hinterhergegangen und drehte den Wasserhahn über der Spüle auf. Er war ein wenig festgerostet, aber nach kurzer Zeit kam tatsächlich Wasser, eine braune Brühe.

„Igitt, das können wir wohl vergessen." Sie verzog das Gesicht.

„Vielleicht auch nicht. Lassen Sie es einfach eine Weile laufen, wahrscheinlich wird es nach einer Weile wieder klar", antwortete Joe. Er sollte recht behalten. Sabrina fand sogar einen Wasserkocher und bereitete zwei Nescafé zu.

Joe hatte inzwischen die Fenster geöffnet, so dass Licht und frische Luft in die unbewohnten Zimmer dringen konnte. Sabrina schaute sich die anderen Räume an. Es gab zwei große Badezimmer mit Duschen sowie einige Mehrbettzimmer, ähnlich wie in dem Hostel, in dem sie in Port Campbell übernachtet hatte. Die Betten waren allesamt abgezogen, aber sie fand saubere Bettwäsche in den Schränken. Sie bezog ein Bett in dem einen Zimmer und ein weiteres in dem anderen.

Als sie in die Küche zurückkehrte, stand der Kaffee auf dem Tisch, und Joe hatte sogar eine Tüte Cracker aufgetrieben. Sie schmeckten zwar ein wenig alt, aber das war ihnen egal.

„Was glauben Sie, wie lange das Haus schon leer steht?"

Joe zuckte mit den Schultern. „Ein paar Wochen vielleicht. Ich schätze, Jack will den alten Kasten verkaufen. Werde meine Mutter mal danach fragen."

Sabrina riss hoffnungsvoll die Augen auf. „Können

wir sie von hier aus anrufen?“

Joe schüttelte den Kopf. „Das Telefon ist abgestellt. Und ich habe keinen Empfang mit meinem Handy, hab’s schon probiert.“

Sabrina blickte niedergeschlagen zu Boden. „Dann können wir also niemanden benachrichtigen, dass wir hier sind?“

„Sieht ganz so aus. Aber immerhin haben wir heute ein Bett, in dem wir schlafen können, eine Dusche und etwas zu essen. Das ist doch schon mal was, oder?“

„Ja, das ist toll.“ Sabrina klang alles andere als begeistert. „Wie weit ist es denn von hier bis zur nächsten menschlichen Besiedlung?“

Joe überlegte. „Etwa 25 oder 30 Kilometer. Allerdings ist der Weg einfach zu laufen. Es geht nicht mehr bergauf und bergab, wir können fast die ganze Zeit dem Bach folgen. Morgen Abend können wir uns abholen lassen und dann können Sie wieder fürstlich in Ihrer Nature Lodge speisen.“

Sabrina versuchte, den gehässigen Unterton zu überhören, der sich in seinen letzten Satz geschlichen hatte. Sie wünschte sich im Moment wirklich nichts anderes, als wieder in ihrer Golden Cabin zu sein. Sie musste sich eingestehen, dass sie inzwischen selbst nicht mehr daran glaubte, Scott in dieser Wildnis zu finden.

„Übrigens habe ich eben noch ein bisschen in Jacks Sachen herumgewühlt und etwas gefunden.“

„Was denn?“, fragte Sabrina. Doch da hatte Joe schon in seine Tasche gegriffen und legte Pflaster, eine Wundsalbe und eine Schere vor ihr auf den Tisch. „Ich glaube, das können Sie gebrauchen“, sagte er in einem etwas versöhnlicheren Ton.

Fast hätte Sabrina ihn küssen können. „Oh Gott, das ist ja super. Ich habe gar nicht gewagt, daran zu denken, dass wir so etwas hier finden."

„Man muss auch mal Glück haben", lächelte Joe. „Ich würde vorschlagen, wir duschen jetzt, Sie verarzten Ihre Füße und dann essen wir Abendbrot – Nudeln und Würstchen."

„Sehr gute Idee." Sabrina schnappte sich das Verbandszeug und ging ins Badezimmer. Genau wie in der Küche kam zunächst nur eine braune Suppe aus den rostigen Rohren der Dusche, aber bald schon wurde das Wasser klar, und Sabrina genoss es, den Dreck und Schweiß von ihrer Haut zu spülen. Sie fand sogar ein altes Haarshampoo, das jemand stehen gelassen hatte und wusch sich in aller Ruhe die Haare. Kaum zu glauben, wie sehr man ganz alltägliche Dinge schätzt, wenn man mal eine Zeitlang auf sie verzichten musste, dachte sie.

Nachdem sie sich abgetrocknet hatte, setzte sie sich auf ihr Bett und besah sich ihre Füße. Die ersten Blasen waren aufgegangen und zu denen von gestern hatten sich noch weitere gesellt. Sabrina schmierte alles dick mit der Heilsalbe ein und klebte Pflaster obendrauf. Sie hoffte, dass sie die morgige Wanderung irgendwie überstehen würde. Danach würde sie definitiv zur Nature Lodge zurückkehren. Und dann? Sabrina ließ sich aufs Bett zurücksinken und schloss die Augen. Sie musste versuchen, die Polizei ein weiteres Mal zu mobilisieren. Sie würde Nick und Scotts Eltern anrufen. Sie hoffte, dass Trevor ihr vielleicht helfen könnte. Was könnte sie sonst noch unternehmen? Das Bett war angenehm weich nach dem harten Lager in der Höhle. Aus dem geöffneten Fenster drang die würzige Luft der Eukalyptusbäume. Die Vögel sangen. Sabrina fühlte, wie ihre Glieder immer schwerer wurden, dann war sie eingeschlafen.

**Nick**

Nick hatte bestimmt schon hundertmal versucht, Sabrina auf ihrem Handy zu erreichen. Es war die ganze Zeit ausgeschaltet.

Er hatte sich auf der Arbeit krank gemeldet, ein paar Stunden geschlafen und tigerte nun seit Stunden in seinem Appartement auf und ab. Das durfte ja wohl nicht wahr sein. Erst verschwand sein bester Freund spurlos in diesen beschissenen Grampians und jetzt auch noch Sabrina. Und er saß Tausende von Meilen entfernt und konnte nichts tun. Es war bereits zwei Tage her, dass er zuletzt mit Sabrina gesprochen hatte. Dabei hatten sie ausgemacht, dass sie ihn jeden Abend von ihrer Unterkunft aus anrufen würde, um Informationen auszutauschen.

Verdammt, verdammt, verdammt. Nick schlug mit der Faust auf den Esstisch aus stabilen Eichenholz und rieb sich danach die Hand. Er war ein Idiot. Warum war er nicht gleich nach Australien geflogen, um Sabrina dort bei ihrer Suche zu helfen? Jetzt musste er sich nicht nur um Scott Sorgen machen, sondern auch noch um dessen Freundin. Scott würde ihm den Arsch aufreißen, wenn er wüsste, dass er Sabrina in dieser Situation alleine gelassen hatte.

Herrgott, es musste doch irgendetwas geben, was er tun könnte. Nick nahm seine Wanderung wieder auf und blieb ein paar Minuten später abrupt vor seinem Laptop stehen. Eine Möglichkeit gab es. Schließlich hatte er etwas herausgefunden, was die Polizei interessieren könnte. Was hatte Sabrina nochmal erzählt, wie der nette Typ vom Police Department in Melbourne geheißen hatte? Nick überlegte. Connor? Hatte sie Connor gesagt? Jetzt fiel es ihm wieder ein. Er hieß Colin. Und irgendwie musste er ihn sofort an die Strippe bekommen. In New York war es jetzt mitten in der Nacht, in Melbourne noch früher Abend. Vielleicht hatte er Glück.

Der Polizist hörte sich Nicks Vortrag an, ohne ihn ein einziges Mal zu unterbrechen. Zum Schluss seufzte er und sagte: „Ich habe auch vor zwei Tagen zum letzten Mal etwas von Sabrina gehört. Da war sie noch auf dieser Nature Lodge in den Grampians. Ich wusste nicht, dass sie auf eine Tour zu Fuß gehen wollte. Was sagten Sie, wie heißt der Guide, mit dem sie unterwegs ist?“

„Ich habe keine Ahnung, wie er heißt. Er muss in diesem Brambuk Visitor Center arbeiten.“

„Okay, ich werde das überprüfen. Von Ihrem Freund Scott gibt es leider nach wie vor keine Spur. Und was Ihre Vermutung mit der Autoknacker-Bande angehört, da bin ich skeptisch. Warum sollten die jetzt ausgerechnet zu uns nach Victoria kommen?“

Nick holte tief Luft. „Vielleicht sind sie nicht in Melbourne aktiv, aber in anderen Gegenden, wo sich Touristen aufhalten? Könnten Sie sich nicht erkundigen, ob es da in den letzten Wochen irgendwelche Vorfälle gegeben hat?“

„Okay Nick. Ich kümmere mich darum. Lassen Sie mir ein paar Minuten Zeit. Ich melde mich gleich wieder auf dieser Nummer.“

Nick legte auf und fuhr sich durch sein ohnehin schon verwuscheltes Haar. Warten gehörte nicht gerade zu seinen Stärken. Aber im Moment blieb ihm wohl nichts weiter übrig. Eine halbe Stunde später klingelte sein

Telefon, und es war Colin.

„Hallo Nick, ich möchte Sie nicht beunruhigen, aber leider gibt es keine guten Nachrichten.“

„Was ist los?“ Nicks Puls hatte sich beschleunigt, seine Kehle fühlte sich trocken an.

„Zunächst einmal hatten Sie tatsächlich Recht mit Ihrer Annahme, dass die Autodiebe jetzt auch hier bei uns zuschlagen. Es gab in den letzten drei Wochen einige Fälle an der Great Ocean Road. Einmal wurde sogar ein Tourist verletzt. Er war nochmal zu seinem Auto zurückgekehrt, um etwas zu holen, und wurde auf dem Parkplatz niedergeschlagen. Als er wieder zu sich kam, war der Wagen verschwunden.“

„Oh Gott“. Nick sah sofort Scott vor seinem geistigen Auge, wie er schwer verwundet von irgendeinem Verbrecher ins Gebüsch gezogen und dort liegen gelassen wurde.

„Das ist aber nicht das Schlimmste“, unterbrach ihn Colin aus seinen Gedanken.

„Was denn noch?“

„Sabrina ist mit einem neuen Guide unterwegs. Sein Name ist Joe Miles. Ich habe ihn überprüft.“ Colin schwieg kurz.

„Ja und? Was ist denn nun mit dem Typen?“, fragte Nick ungeduldig.

„Er saß bereits wegen einiger Drogendelikte im Gefängnis. Und er wird im Moment wegen einer größeren Sache gesucht, über die ich nicht sprechen darf.“

Nick lief ein eisiger Schauer über den Rücken. Seine Kehle war staubtrocken, als er wieder sprach.

„Sabrina ist ganz alleine mit ihm unterwegs. Wir

müssen sofort etwas unternehmen. Vielleicht schwebt sie in Lebensgefahr."

„Beruhigen Sie sich, Nick. Wir werden etwas unternehmen. Aber Sie dürfen sich jetzt nicht verrückt machen. Dieser Joe ist – so viel wir wissen – bisher noch nie gewalttätig geworden. Und dass er in diese andere Sache verwickelt ist, tja, das ist bisher nur ein Verdacht."

Für Nick klang dies alles andere als beruhigend.

„Ich habe mit seiner Mutter gesprochen. Sie arbeitet ebenfalls in dem Visitor Center, und sie ist überzeugt, dass Joe ein anständiger Kerl und ein guter Guide ist."

Nick schnaubte. „Das glauben Mütter immer. Selbst wenn ihre Söhne Serienmörder sind."

„Wir haben Joes Handynummer. Ich habe schon versucht, ihn anzurufen, leider erfolglos. Allerdings hat man in den Grampians nicht überall Handyempfang. Joes Mutter wusste nicht, welche Route die beiden nehmen wollten. Offenbar hatte Sabrina ihn angeheuert, um nach Spuren von Scott zu suchen."

„Ja, das hatte sie mir selbst erzählt, bevor sie aufgebrochen ist. Was für eine Schwachsinnsidee. Ich hätte sie gleich davon abhalten sollen."

„Ich glaube, es ist nicht besonders leicht, Sabrina von etwas abzuhalten, was sie sich vorgenommen hat", sagte Colin.

„Da haben Sie leider Recht. Was passiert denn jetzt? Wir können doch nicht einfach nur abwarten."

„Hier wird es gleich dunkel. Und wir reden von den Grampians. Die sind was anderes als der Central Park. Sie müssen sich einen riesigen Wald vorstellen, der scheinbar kein Ende hat. Es gibt dort ein weitverzweigtes

Höhlensystem, verschlungene Pfade durchs Dickicht. Die Chance, jemanden in den Grampians zu finden, geht gegen null. Außerdem wissen wir nicht, ob sich dieser Joe auf den ausgewiesenen Wanderwegen hält. Laut seiner Mutter kennt er sich in dem Gebiet aus wie kaum ein anderer."

Nick biss sich auf die Unterlippe. Auf was hatte sich Sabrina da eingelassen? Sie war diesem Kerl hilflos ausgeliefert. Er könnte in der Zwischenzeit wer weiß was mit ihr angestellt haben.

„Nick? Sind Sie noch da?"

Er gab einen undefinierbaren Laut von sich.

„Ich werde meine Kollegen benachrichtigen, dass sie sich gleich morgen früh auf die Suche machen. Und ich werde es auch weiter auf den Handynummern von Sabrina und diesem Joe versuchen."

Nick ließ sich auf seine Couch fallen. Er fühlte sich hilfloser als je zuvor. Wieso schickte die verfluchte Polizei nicht sofort einen Suchtrupp los? Wie viel wertvolle Zeit sollte noch verloren gehen? Er ballte die Fäuste.

„Ich sollte nach Australien fliegen."

„Aber Sie können hier nichts tun, Nick. Vertrauen Sie mir. Ich werde alle Hebel in Bewegung setzen, um Sabrina zu finden. Und wir werden eine neue Suchaktion nach Scott starten. Machen Sie sich nicht zu viele Sorgen. Sobald ich etwas Neues erfahre, rufe ich Sie an."

## Scott

Die Gelegenheit zur Flucht bot sich am nächsten Morgen. Scott erwachte, weil ihm das Wasser im Mund zusammenlief. Aus der Küche wehte ihm der Duft von gebratenen Eiern mit Speck entgegen. Mel klapperte mit Geschirr und summte vor sich hin. Er schien gute Laune zu haben.

„He Mel, machst du mir die Fesseln ab? Ich will mich waschen.“

Mel kam aus der Küche, ein Handtuch über der Schulter.

„Wird auch Zeit, dass du endlich wach wirst. Ich dachte schon, du schläfst bis zum Mittagessen.“

Er löste Scotts Kabelbinder und blieb mit der Pistole vor dem Badezimmer stehen, bis Scott fertig war.

„Jetzt wird gefrühstückt. Jesus, hab ich einen Hunger“, sagte er, schob Scott den wackeligen Küchenstuhl herüber und ließ sich selbst auf den zweiten sinken.

„Fast wie im Hotel, oder?“, feixte er. „Kaum ist der Herr aufgestanden, stehen auch schon die besten Spiegeleier von ganz Victoria auf dem Tisch.“ Er wischte sich das Fett des gebratenen Specks von den Lippen und grinste Scott an. „Ich hab mich schon richtig an dich gewöhnt, weißt du das?“

Scott schluckte. Irgendwie war dieser Mel paranoid. Von Zeit zu Zeit schien er völlig auszublenden, dass Scott sein Gefangener und nicht sein Freund war.

„Und was machen wir heute? Gehen wir zum Football oder ins Kino?“

Mel lachte dröhnend. Seine Augen verengten sich zu

schmalen Schlitzen und mit erhobenen Zeigefinger sagte er: „Scott, du bist ja ein wahrer Witzbold. Das mit dem Football machen wir ein anderes Mal. Heute dachte ich eher an ein paar gute Hamburger und Bierchen."

„Also gehen wir zu McDonalds?"

Mel verdrehte die Augen. „Als ob es da gute Hamburger gäbe. Und Bier sowieso nicht."

„Was dann? Soweit ich weiß, ist unser Bier alle."

„Der Meisterkoch persönlich gibt sich die Ehre", entgegnete Mel mit gezierter Stimme, bevor er normal weiterredete. „Aber du hast Recht, erstmal muss ich gleich einkaufen fahren."

Scott horchte auf. Das könnte die Gelegenheit für ihn sein.

„Soll ich dir noch etwas mitbringen? Was zu lesen vielleicht?"

Scott nickte und strahlte. Je länger Mel weg sein würde, umso besser. „Das wäre super, Mel. Am liebsten einen Thriller."

Mel kicherte. „Einen Thriller, soso. Den erlebst du doch selber gerade. Aber meinetwegen."

Er stand auf und räumte das Geschirr in die Spüle. „Was brauchen wir denn noch?" Er öffnete den Kühlschrank und brummte vor sich hin. „Ich glaube, ich muss mir einen Einkaufszettel schreiben. Da kommt doch mehr zusammen, als ich dachte."

Sorgfältig notierte Mel sich eine lange Liste von Lebensmitteln auf einem Zettel und steckte ihn in die Tasche seiner Jeans. Scott spürte, wie neue Energie seinen Körper durchflutete. Das letzte Mal, als Mel zum Einkaufen gefahren war, hatte es bestimmt drei Stunden gedauert, bis er wiederkam. Schätzungsweise. Genau konnte er es nicht wissen, weil er seine Uhr nicht mehr hatte. Wie auch immer, die Zeit musste reichen. Vielleicht war er schon in ein paar Stunden frei.

„Also lass es dir nicht langweilig werden. Ich lass dir eine Tüte Kekse da, ist sowieso unsere letzte. Wenn ich wieder komme, kannst du deinen Thriller lesen und ich mache uns die besten Hamburger von Australien und dazu zischen wir ein Bierchen."

„Klingt gut", murmelte Scott und begab sich wieder auf seine Pritsche, wo Mel seine Hände zusammenband und die Füße ans Bettgestell fesselte.

„Bis später, Kumpel", verabschiedete sich Mel und ging pfeifend zu seinem Pick-up, der etwa hundert Meter von der Hütte entfernt abgestellt war.

Scott atmete tief ein. Cool bleiben, beschwor er sich. Er hörte, wie das Motorengeräusch des Autos immer leiser wurde, je mehr sich der Wagen vom Haus entfernte. *Nur nichts überstürzen. Ich muss noch etwas warten. Vielleicht hat er etwas vergessen und kommt nochmal zurück.* So war es beim letzten Mal gewesen, als Mel zum Einkaufen gefahren war. Scott zwang sich, ruhig liegen zu bleiben und zählte die Sekunden. Nach zehn Minuten hielt er es nicht mehr aus.

Heute wird er nicht zurückkommen, hoffte er. Außerdem darf ich die wertvolle Zeit nicht verschwenden. Ich muss irgendeinen Menschen treffen, bevor er zurückkommt.

Er robbte auf seinem Bett zur Seite, zog das Laken weg und griff zur Rasierklinge. Die Fußfesseln zu lösen, war einfach. Die Sache mit den Händen war eine andere

Nummer. Mel hatte den Kabelbinder eng um seine Handgelenke geschlungen. Scott benötigte seine ganze Konzentration und bestimmt zwanzig Minuten, bis er die Fesseln gelöst hatte.

Ein Glücksgefühl wie nach dem Erreichen des Ziels bei einem Marathon durchströmte ihn, als er endlich frei war. Er rieb sich die schmerzenden Gelenke und steckte die Rasierklinge in die Hosentasche. Wer weiß, wozu er sie noch gebrauchen konnte.

*Jetzt nichts wie weg aus dieser verdammten Hütte.* In Windeseile füllte sich Scott zwei Plastikflaschen mit Wasser, schnappte sich die Kekse und stopfte alles in eine Plastiktüte. Seinen Rucksack hatte Mel offenbar entsorgt. Alles, was er ihm gelassen hatte, waren ein paar Klamotten.

Ganz kurz sah sich Scott nochmal in seinem Gefängnis um, das er hoffentlich nie wiedersehen würde, dann öffnete er die Tür und rannte los.

## Mary

Sie hatte das Regal mit den bemalten Steinen, den Tierfiguren aus Holz und den von Aborigines gefertigten Zeichnungen komplett ausgeräumt, saubergemacht und wieder eingeräumt. Ihre Kollegin kümmerte sich um die Besucher, und Mary ließ ihren Blick durch den Verkaufsraum schweifen. Was könnte sie jetzt noch aufräumen? Sie fuhr sich nervös durchs Haar. Irgendetwas musste sie tun, um sich zu beschäftigen. Um nicht zu viel nachzudenken.

Seitdem der Polizist aus Melbourne angerufen hatte, war Mary kurz vorm Durchdrehen. Was hatte Joe nun schon wieder angestellt? Sie hatte Matthew nichts von dem Anruf erzählt. *Natürlich nicht. Er durfte sich schließlich nicht aufregen.* Inzwischen könnte sie sich selbst ohrfeigen, dass sie auf die bescheuerte Idee gekommen war, Joe hier einen Job zu verschaffen. Der Junge hatte sich so verändert. Sie kannte ihn selbst manchmal nicht wieder. Als er klein war, kannte er alle Geschichten der Traumzeit auswendig. Er liebte es, ihr die Anekdoten, die er von seinem Großvater gelernt hatte, weiter zu erzählen.

Doch nach Jims Tod hatte sich alles verändert. Auf einmal war Joe ganz und gar nicht mehr stolz auf das Volk seiner Ahnen gewesen. Er hatte versucht, Freunde unter den Weißen zu finden und war gescheitert. In der Schule war er einst einer der Besten gewesen, doch am Ende schaffte er noch nicht einmal den Abschluss. Er bekam keinen Job, hatte keine Berufsausbildung. Alles ging den Bach hinunter. Und Joe schob die Schuld dafür den weißen Australiern in die Schuhe. Er hasste sie regelrecht.

Mary rieb sich den Bauch und verzog schmerzhaft das Gesicht. Ihr Magengeschwür meldete sich wieder. Vielleicht sollte sie doch mal zum Arzt gehen. Sie dachte an die schöne, junge Frau aus Deutschland, die jetzt mit Joe unterwegs war. Sie selbst hatte ihr dazu geraten, mit ihrem Sohn in die Grampians zu gehen. Und nun waren beide verschwunden.

Joe, bitte tu ihr nichts, flüsterte Mary und schluckte ihre Tränen hinunter. Sie wusste, sie konnte nichts tun. Doch wenn Sabrina etwas zustieße, würde auch sie Schuld daran tragen.

## Scott

Schon während er damit beschäftigt war, mit der Rasierklinge am Kabelbinder herumzusäbeln, hatte er darüber nachgedacht, ob er Mels Reifenspuren folgen sollte. Er hätte zur Straße gelangen und ein Auto anhalten können. Letztendlich hatte er den Gedanken jedoch wieder verworfen. All die Tage und Nächte, die er jetzt hier verbracht hatte, hatte er nie ein Motorengeräusch oder Stimmen vernommen. Offenbar befand er sich in einem Teil der Grampians, der abseits der touristischen Hotspots lag. Das Risiko, dass ausgerechnet Mel ihm auf der Straße entgegenkäme, war ihm zu groß. Außerdem würde Mel – sobald er Scotts Flucht bemerkt hätte – vermutlich sogar damit rechnen, dass er den Weg zur Straße eingeschlagen hatte. Es war also besser, die andere Richtung zu nehmen.

Er betrat den Wald von der Rückseite der Hütte aus. Innerhalb von Sekunden hatte die grüne Wildnis ihn verschluckt. Wenigstens wird Mel mich hier nicht finden, dachte Scott. Er schob die Zweige eines mannshohen Farns zur Seite und achtete genau darauf, wohin er trat. Er wusste, dass es in diesem Gebiet Schlangen gab, und viele von ihnen waren giftig. *Das fehlte noch, dass ich kaum, dass mir die Flucht gelungen ist, von so einem Viech gebissen werde.* Es tat gut, sich endlich wieder zu bewegen. Fast kam es ihm zu leicht vor, wie er aus seinem Gefängnis entkommen war. Aber darüber wollte sich Scott gar keine Gedanken machen. Sollte Mel doch zusehen, wie er diesem ominösen Partner sein Verschwinden erklären würde. Ihm war auch egal, ob Mel von der Polizei geschnappt wurde oder nicht. Alles, was zählte, war, dass er aus dieser Scheißhütte raus war und vielleicht schon heute Abend seine Sabrina in den Armen halten würde.

Ein dorniger Ast streifte Scotts Wange und hinterließ eine feine Blutspur in seinem Gesicht. Er musste besser aufpassen. Der Wald hier war ein Dschungel, ganz anders als die wohlgeordneten Wälder von Boston, in denen Scott in seiner Kindheit gespielt hatte. Ringsherum wuchsen Schlingpflanzen und Gebilde, die er erstmal in einem Botanikbuch hätte nachschlagen müssen. Den Himmel sah er nur, wenn er den Kopf weit in den Nacken legte.

Mücken summten um seinen Kopf und versuchten, sich auf die kleine Wunde zu setzen, die der Zweig auf seiner Wange hinterlassen hatte. Scott wischte sie weg und spürte, dass sie ihn bereits mehrmals gestochen hatten. *Scheiß drauf, hauptsache ich komme hier raus.*

Innerhalb der ersten Stunde hatte Scott mehrmals innegehalten und hinter sich gelauscht. Waren da Schritte zu hören? Hatte Mel bereits die Verfolgung aufgenommen? Aber alles, was er hörte, war das Rauschen der Blätter, wenn ein Windstoß durch die Bäume fuhr. Inzwischen war er sich sicher, dass Mel ihn niemals finden würde. Wenn er aus der Stadt zurückkäme, hätte er längst einen Riesenvorsprung. Blöd war nur, dass er nicht wusste, woran er sich orientieren konnte. Seitdem er abgehauen war, sah alles gleich aus: Bäume, Gras, Felsen, Farne.

*Wie lange er wohl schon unterwegs war? Zwei Stunden, drei Stunden?* Das Zeitgefühl hatte ihn verlassen. Seine Kehle fühlte sich ausgedörrt an. Er machte einen Moment Pause und nahm einen Schluck Wasser. Wie groß waren diese verdammten Grampians nochmal? Er erinnerte sich daran, etwas von 1700 Quadratkilometern gelesen zu haben.

*Merkte man es eigentlich, wenn man im Kreis lief? Vielleicht hätte er in seiner Jugend doch bei den Pfadfindern mitmachen sollen, anstatt wie ein Verrückter Football zu spielen.*

Scott versuchte, sich an irgendwelche Regeln zu erinnern, was man tun sollte, wenn man sich verirrt hatte. Ihm fiel keine ein, außer jemanden zu fragen. Tolle Idee. Er hätte sich an den Koala wenden können, den er vor einigen Minuten ganz oben in einem Eukalyptusbaum gesehen hatte. Er hatte im Zeitlupentempo an einem Blatt gekaut und träge zu ihm hinuntergeblickt.

Hunger verspürte Scott überhaupt nicht. Er hatte beim Frühstück kräftig zugelangt. Eier mit Speck, das klassische Fernfahrerfrühstück. *Oder die Henkersmahlzeit, für einen, der sich in den Grampians verirrt.* Hör auf, so einen Mist zu denken, tadelte Scott sich selbst.

Ssssst. Schon wieder ein Blutsauger, der sich auf seinem Gesicht niederließ. Scott schlug sich ein weiteres Mal an die Wange. Irgendwann muss einfach ein Weg, ein Fluss, eine Straße, irgendetwas kommen, sagte er sich und setzte stur einen Fuß vor den anderen. Als die Sonne senkrecht über seinem Kopf stand, hatte er die erste Wasserflasche ausgetrunken. Er gönnte sich eine Pause. Ich muss mit meinen Kräften haushalten. Und mit dem Wasser. *Wer weiß, wie weit es noch bis zur nächsten Straße ist.*

Vielleicht ist sie aber nur noch ein paar Minuten entfernt und ich habe es gleich geschafft, dachte er dann. Er wünschte, er hätte sein iPhone mit Google maps in der Tasche. Wie hatten sich nur die Ureinwohner ohne jegliche Hilfsmittel hier zurecht gefunden? Es nützte nichts, er musste weitergehen.

Noch immer sah der Wald genauso aus, wie an der Stelle, an der er ihn betreten hatte. Doch jetzt ging es leicht bergan. Ich muss an einen Berg gekommen sein, frohlockte Scott. *Von oben habe ich einen besseren Überblick und kann mich orientieren.*

Mit neuem Schwung nahm er die Steigung in Angriff. Der Untergrund wurde steiniger, der Berg steiler. Der Schweiß floss ihm mittlerweile in kleinen Rinnsalen den Rücken herunter. Die zweite Wasserflasche hatte er bereits angebrochen. Je höher er kam, desto mehr lichtete sich der Wald. Dafür brannte die Sonne umso unbarmherziger auf ihn nieder.

Gleich habe ich's geschafft, dachte Scott, als er sich keuchend seinen Weg zwischen gewaltigen Felsbrocken bahnte. Wenige Minuten später stemmte er sich eine glatte Felsplatte hoch, blieb einen Moment auf ihr liegen und rappelte sich dann auf. Er war oben angelangt.

Vorsichtig ging Scott zum Rand des Felsplateaus und blickte um sich. „Oh Gott“, sagte er leise. So weit er blicken konnte, dehnten sich die endlosen Wälder der Grampians. Ein grüner Schlund, der jenseits der Zeit schon immer so gewesen war und immer so bleiben würde. Ein Paradies für Koalas, Kängurus, Schlangen und Spinnen. Eine Katastrophe für einen Menschen, der sich in diesem Labyrinth der Natur verlaufen hatte. *Der kaum noch Wasser hatte.* Schlimmer kann es nicht mehr kommen, dachte Scott. Doch da hatte er sich geirrt.

## Mel

Mel schob den Einkaufswagen durch den Supermarkt und summte die Dudelmusik mit, die aus den Lautsprechern kam. Eigentlich hasste er diese eintönige Kaufhausmusik, aber heute konnte seine gute Laune durch nichts getrübt werden. Er hatte bereits zwei Sixpacks Bier in den Wagen geladen, Hamburger-Brötchen, Salat und Gurken sowie mehrere Tüten mit Chips. *Die essen wir zum Nachtisch.*

Vor ihm lief eine Blondine in hautengen Jeans durch den Gang zwischen den Müslikartons und den Konfitüren. Als wenn sie ahnen würde, worauf er gerade starrte, wackelte sie mit ihrem wohlproportionierten Hintern aufreizend auf und ab. Die würde mir gefallen, dachte Mel. *Dreh dich doch mal um, Süße.* Er folgte ihr mit einigem Abstand auch durch den nächsten Gang. Nudeln, Soßen und Tütensuppen. Jetzt blieb sie stehen und wandte sich halb zu ihm um. Die Fältchen um ihre Augen verrieten, dass sie nicht mehr ganz jung war, aber immer noch ziemlich attraktiv. *Sprich sie an, Mel!*

Fast konnte er Scotts Stimme hören, die ihm zuflüsterte, endlich seine Chance zu ergreifen. Die Frau lächelte ihm zu. Mel schluckte, das Blut rauschte in seinen Ohren. Er hatte mehr Männer verprügelt, als in zwei Footballteams spielten und noch weitaus Schlimmeres getan, aber um jetzt in diesem Moment dieses traumhafte Geschöpf vor ihm anzusprechen, dafür fehlte ihm der Mut. Er sah zu Boden und schob den Einkaufswagen an ihr vorbei. Die Frau zuckte fast unmerklich mit den Schultern und wandte sich wieder dem Regal vor ihr zu.

Du bist ein verdammter Idiot. Und ein Feigling, schimpfte Mel innerlich mit sich selbst. Während die Musik von der poppigen Variante in die Kategorie Liebesschnulzen wechselte, wurde ihm klar, dass er sein Leben ändern musste. Wer weiß, wie viel Zeit ihm noch bliebe? Er wollte den Rest seiner Tage nicht wieder im Gefängnis verbringen. Und auch nicht auf der ständigen Flucht vor der Polizei. Er wollte eine Frau wie die Blondine vor dem Regal, ein Zuhause, einen Platz, wo er ganz er selbst sein konnte.

Zumindest hatte er jetzt einen Freund. Denn als solchen betrachtete er Scott inzwischen. Dieser Amerikaner war ein ehrlicher Typ, einer, dem man vertrauen konnte. Mel hatte gespürt, dass Scott ihn mochte. Und er konnte ihm vielleicht noch ein paar gute Ratschläge geben, wie er das mit den Frauen besser hinbekam. Schließlich hieß es doch immer, dass es beim Kennenlernen auf die ersten Sekunden ankam. Da wollte Mel nichts falsch machen.

Später, bei ihrem Männerabend würde er Scott danach fragen. Das war mal ein Plan. Mel schob den Wagen an die Fleischtheke. Das Wichtigste musste er ja noch kaufen, gutes Rinderhack für die besten Hamburger von ganz Victoria. Während er in der Schlange vor ihm wartete, piepte sein Handy. Mel zog es aus der Tasche und blickte aufs Display. Die App der Security Ortung meldete sich. Er hatte das ganze Paket schon vor einiger Zeit im Internet gekauft. Damit fanden Hundebesitzer ihre entlaufenen Dackel wieder, und Mütter, die zu lange am Telefon sabbelten, anstatt auf ihre Kleinkinder aufzupassen, holten die lieben Kleinen noch gerade rechtzeitig von der Straße zurück. Er hatte den Peilsender unter Scotts Schuh befestigt, als dieser noch von den Betäubungsmitteln geschlafen hatte. Er wollte sich einfach doppelt absichern, man konnte ja nie wissen. In letzter Zeit hatte er kaum noch an das Ding gedacht. Schließlich war Scott ein Freund.

Er öffnete das Programm und sah einen roten Punkt, der sich in westlicher Richtung von der Hütte entfernte. In Schrittgeschwindigkeit. Mels Schultern sackten nach unten. Er hatte sich geirrt. Scott war kein Freund, er war ein mieser Verräter. Mel ließ den Einkaufswagen mit allen Lebensmitteln stehen und verließ das Geschäft. Mit ausdrucksloser Miene setzte er sich hinter das Steuer seines Pick-ups und fuhr zurück zur Hütte. Der Revolver lag in seinem Handschuhfach.

## Scott

Er wollte zurückgehen und trat einen kleinen Schritt zur Seite. Der Stein, den er dabei mit seinem Fuß streifte, war so unbedeutend, dass er ihn gar nicht gesehen hatte. Doch er reichte aus, um ihn ins Straucheln zu bringen. Er ruderte mit den Armen, um das Gleichgewicht zu halten. Fast wäre die Plastiktüte mit der Wasserflasche über den Abgrund geflogen. *Nein, nur das Wasser nicht!* Ohne das Wasser würde er hier nicht lange überleben. Hatte er das wirklich gedacht?

Sein Körper streckte sich in Richtung der Flasche zum Abgrund hinüber. Das Ganze passierte in Bruchteilen von Sekunden. Er verlor den Halt, wollte sich irgendwo festhalten, aber da war nichts. Er fiel über die Klippe. Noch im Fallen griff er nach den scharfkantigen Felsen, riss sich die Hand auf. Seine Beine prallten gegen Gestein, er schrie auf vor Schmerz. Die Hände lösten sich vom Felsen, die Welt drehte sich. Ganz kurz dachte er: Das war's also. Dann schlug er auf den Boden auf, überschlug sich, rollte noch zehn Meter weiter und blieb liegen. Ein dorniger Busch hatte seinen Sturz abgebremst, sonst wäre er noch weiter den Abhang herunter geschlittert.

Ein paar Sekunden – oder waren es Stunden? Zeit war mittlerweile ein dehnbarer Begriff für Scott geworden – blieb er einfach nur liegen. Immerhin: Er war nicht tot. Und auch nicht bewusstlos. Oder war er vielleicht doch weggetreten gewesen? Er konnte sich nicht erinnern, und es war auch egal. Viel wichtiger war die Sache mit dem Wasser. Stöhnend richtete Scott sich ein wenig auf und sah auf die Plastiktüte. Er hatte sie die ganze Zeit über eisern festgehalten, und sie war bei seinem Sturz tatsächlich heil geblieben. Aber galt das auch für die Flasche, die sich darin befand? Mit zitternden Fingern öffnete Scott die Tüte. Die Plastikflasche war eingedellt, aber noch ganz. Er hätte heulen können, so froh war er.

Als Nächstes betastete er seine Gliedmaßen. Der Schock hatte seinen Körper mit Adrenalin vollgepumpt, so dass er zunächst gar keinen Schmerz verspürt hatte. Das änderte sich jetzt. Er hatte am ganzen Körper Prellungen, seine Hände bluteten. Am schlimmsten hatte es aber seinen rechten Fuß erwischt. Der Knöchel war bereits auf die doppelte Größe angeschwollen. Scott rollte den Socken herunter und besah sich den Schaden. Er war kein Doktor, aber dass hier etwas kaputt gegangen war, konnte ein Blinder sehen. Vorsichtig versuchte er aufzustehen und den Fuß zu belasten. Es ging nicht. Sobald er Gewicht auf den Fuß brachte, schoss ein scharfer Schmerz durch den Knöchel das Bein hinauf. Scheiße, bestimmt ein Bänderriss, dachte Scott.

Er setzte sich wieder hin und nahm einen winzigen Schluck aus der Wasserflasche. Er musste gut damit haushalten. Ich könnte einen eiskalten Bach gebrauchen, dachte Scott. Zum Trinken und um den Fuß mindestens eine Stunde hineinzuhalten.

Aber das Leben war kein Wunschkonzert. Er war nun zwar frei, aber verbessert hatte sich seine Lage nicht wirklich. Wie er vom Felsen aus gesehen hatte, war hier weit und breit kein Haus, keine Straße, keine Menschenseele gewesen. Wer sollte ihn hier finden? Wie weit könnte er mit seinem verletzten Fuß laufen? Wie lang würde das Wasser reichen? Scott schloss kurz die Augen.

Er verfluchte sich selbst, so unachtsam gewesen zu sein. Aber Jammern würde ihm nichts nutzen. Kurz sah er das Gesicht von Nick aufblitzen. Sein Kumpel zwinkerte ihm zu: Gib niemals auf!

„Werde ich nicht“, knirschte Scott zwischen den Zähnen. Er richtete sich auf und sah sich um. Nicht weit entfernt stand ein Baum, dessen Äste fast bis auf einen Meter über dem Boden hinab hingen. Dorthin hüpfte er auf einem Bein und suchte sich einen Ast, der dick genug war, um sich auf ihm abzustützen und dünn genug, um ihn ohne Werkzeug abzubrechen. Das musste als Gehhilfe reichen. Auf den Ast gestützt, humpelte Scott weiter durch die Grampians.

## Sabrina

Sie hatte von Scott geträumt. Hand in Hand liefen sie einen weißen Sandstrand entlang. Die Wellen des Meeres rollten sanft ans Land, und die warme Sonne wärmte ihre Haut. Scott lachte und blickte ihr in die Augen. Sie fühlte seine Liebe zu ihr, ein warmes Gefühl durchströmte ihren Körper. „Komm, wir erkunden den Wald!“, rief Scott ihr zu und zog sie in Richtung des Dschungels, der sich gleich hinter dem Sandstrand ausbreitete. Sabrina wäre lieber am Meer geblieben, aber wie könnte sie Scott einen Wunsch abschlagen, wenn er sie so ansah? Also folgte sie ihm in den Wald, der viel dichter und wilder war, als sie erwartet hatte. Sie konnten jetzt nur noch hintereinander gehen, und Scott hatte ihre Hand losgelassen. Er lief immer schneller, sie kam kaum noch mit. „Warte! Geh nicht so schnell!“, rief sie ihm zu, aber da war er schon aus ihrem Blickfeld verschwunden. Panik ergriff sie.

*Scott, wo bist du?* Doch sooft sie auch rief, er blieb verschwunden. Unruhig warf sich Sabrina auf ihrem Bett von einer Seite auf die andere, bis sie schließlich erwachte. Sofort hatte sie das unangenehme Gefühl, dass jemand sie beobachtete. Dass Blicke über ihre Haut krochen. Sie öffnete die Lider und sah in die braunen Augen von Joe. Er stand – *wer weiß wie lange schon?* – mit verschränkten Armen im Türrahmen und starrte sie an.

„Was tun Sie hier?“, schrie Sabrina hysterisch. Sie konnte ihren Herzschlag im Ohr pochen hören.

Joe hob abwehrend die Hände. „He, ganz ruhig. Ich wollte nur nachsehen, wo Sie bleiben. Ich habe einen Mordshunger. Sie haben gesagt, Sie wollten kurz duschen und kämen dann wieder. Das war vor zwei Stunden."

Sabrina sah auf ihre Armbanduhr. „Oh Mist. Es tut mir leid, ich muss eingenickt sein."

„Schon gut. Dann werfe ich jetzt mal die Nudeln ins Wasser."

Sabrina sprang aus dem Bett und fuhr sich mit den Händen durchs Haar.

„Nein, lassen Sie. Das kann ich auch machen. Blöd genug, dass Sie so lange auf mich warten mussten."

Sie quetschte sich an ihm vorbei und eilte in die Küche. Es würde ihr guttun, etwas Sinnvolles zu tun, und außerdem knurrte ihr Magen ebenfalls. Joe hatte schon alles bereitgestellt. Sie brauchte nur noch den Herd anstellen, das Wasser zum Kochen zu bringen und die Nudeln hineingeben. Während sie zusah, wie die Wasserbläschen langsam im Topf nach oben stiegen und an der Oberfläche zerplatzten, entspannte sie sich etwas. Sieh es positiv, sagte sie sich selbst. Noch eine Nacht, dann war es vorbei. Morgen würde sie die ganze Aktion abblasen, Joe das restliche Geld bezahlen und erstmal auf die Nature Lodge zurückkehren.

*Und vielleicht, ganz vielleicht gab es ja sogar gute Nachrichten von der Polizei.* Immerhin konnte es doch sein, dass sie Scott inzwischen gefunden hatten, aber sie nun nicht erreichen konnten.

Joe war ihr in die Küche gefolgt und hielt eine Flasche mit einer braunen Flüssigkeit in die Höhe. „Sehen Sie mal, was ich noch gefunden habe: bester irischer Whiskey! Den hat der alte Jack im hintersten Winkel seines Schrankes versteckt. Oder vergessen. Auch egal, jetzt gehört er uns."

Joe holte zwei Gläser aus dem Schrank, stellte sie auf

den Tisch und setzte sich. Sein Fundstück hatte ihm offenbar bessere Laune beschert. Sabrina machte die Würstchen heiß und probierte die Nudeln. Sie waren gleich fertig. “Ich glaube, ich bleibe lieber bei Wasser, sonst könnte es sein, dass ich gleich am Tisch wieder einschlafe.“

„Wie Sie meinen, dann bleibt mehr für mich.“ Joe hatte sich bereits ein Glas eingegossen und ließ den Whiskey mit geschlossenen Augen durch die Kehle rinnen. Sabrina fragte sich, ob er wohl Alkoholiker war. Aber eigentlich interessierte sie das nicht weiter. Morgen würde sie sich sowieso von Joe verabschieden und ihn hoffentlich nie im Leben wiedersehen.

Sie aßen schweigend, bis nichts mehr übrig war. Sabrina räumte das Geschirr weg und setzte sich wieder an den Küchentisch. Es war erst früher Abend, zu früh, um ins Bett zu gehen.

„Okay, vielleicht nehme ich jetzt doch ein kleines Schlückchen.“

Joe grinste und kippte ihr Wasserglas halbvoll. Er selbst hatte schon drei Gläser intus, was ihm nicht anzumerken war. Vorsichtig probierte Sabrina einen kleinen Schluck des Whiskeys. Er schmeckte samtig und weich. Offenbar war das kein billiger Fusel, sondern ein guter Tropfen. Sie genoss, wie ihr der Alkohol durch die Kehle floss und ein warmes Gefühl in ihrem Magen hinterließ. Joe hatte sie interessiert beobachtet. „Und? Nicht schlecht, oder?“

Sabrina nickte. „Trinken wir auf Jack, den unbekannten Gastgeber.“ Joe erhob sein Glas und stieß mit ihr an.

„Woher kommen Sie eigentlich, Sabrina? Eine Amerikanerin sind Sie jedenfalls nicht, die reden anders.“

„Ich komme aus Deutschland, aus Berlin.“

„Wow.“ Joe ließ den Whiskey in seinem Glas kreisen und lehnte sich auf seinem Stuhl zurück. „Da sind Sie ja schon ganz schön rumgekommen in der Welt. Ich war noch nie aus Australien weg.“

„Das kann ja noch kommen. Schließlich sind Sie noch jung. Wohin würden Sie denn gerne reisen?“

Joe zuckte mit den Schultern. „Las Vegas vielleicht. Oder San Francisco. Hauptsache weg aus den Grampians.“

Sabrina zog die Augenbrauen hoch. „Ich hätte gedacht, Sie lieben Ihre Heimat.“

Joe schnaufte. „Ich liebe und ich hasse sie. Für uns Aborigines gelten die Grampians als mystisches Land. Meine Vorfahren lebten hier schon vor über 20.000 Jahren. Auf Schritt und Tritt kann ich den Nachhall ihrer Leben spüren.“

Sabrina war neugierig geworden. „Das muss aber doch nicht negativ sein. Es gibt so viele Menschen, die unglücklich sind, weil sie gezwungen waren, ihre Heimat zu verlassen. Manche kommen ohne ihre Wurzeln an einem neuen Ort gar nicht zurecht.“

„Mag sein. Aber nicht alle Erinnerungen, die in den Grampians fortleben, sind freundlich. Es gibt...“ Er verstummte einen Moment. „Es gibt auch viele negative Energien. Zornige Geister, die keine Ruhe finden.“

Sabrina zog die Augenbrauen hoch. „Wie meinen Sie das denn?“

„Sie erinnern sich an die Regenbogenschlange? Zu Beginn der Zeit waren die Grampians ein Paradies für unser Volk. Das Land war reich an Wasser und Nahrungsquellen. Die Menschen ernährten sich von Murnong-Wurzeln, Früchten und Kräuter. Es gab reichlich Vogeleier, wir jagten Kängurus und Reptilien."

Sabrina fiel auf, dass Joe jetzt in der Wir-Form sprach und lächelte. Vielleicht wusste er es selbst noch nicht, aber er würde definitiv immer hier zu Hause sein, das spürte sie.

„Es gibt unzählige Höhlen in den Grampians, wo die Menschen leben konnten. Es war eine gute Zeit."

Sein Gesicht verdüsterte sich. „Aber dann kamen die Weißen. Sie brachten Schafe mit und ließen sie auf unserem Land weiden. Sie rodeten den Wald, bauten Getreide an und verschleuderten das Land zu kleinen Preisen. Ihnen war völlig egal, dass das Gebiet eigentlich uns gehörte. Sie nahmen sich einfach alles, ohne zu fragen, unsere ganzen Lebensgrundlagen."

Sabrina konnte seinen Zorn fast körperlich spüren. Und sie verstand ihn. „Haben sich die Aborigines denn nicht gewehrt?"

„Doch, das haben sie", antwortete Joe bitter. „Es kam zu etlichen Massakern. Angeblich sollen 300 Aborigines getötet worden sein. In Wirklichkeit waren es mehr als tausend."

Er nahm noch einen Schluck Whiskey und sah sie an. „Und dann habt ihr uns noch ein weiteres Geschenk mitgebracht: eure Krankheiten. Wir starben an den Pocken wie die Fliegen. Die paar, die übrigblieben, wurden in entfernte Reservate verschleppt. Um 1900 herum waren von den 9.000 Menschen, die hier geboren waren, nur noch eine Handvoll übrig."

Joes Augen waren in weite Ferne gerichtet. Er kämpfte damit, den Zorn, den er auf die Weißen verspürte, nicht übermächtig werden zu lassen.

„Und Ihre Familie, Joe? Hat sie hier überlebt?“

„Offenbar. Sonst säße ich hier nicht mit Ihnen.“

„Wer hat Sie das alles gelehrt? Die Geschichten von früher?“

„Noch einen Schluck?“ Joe hielt die Flasche über ihr Glas und sah sie fragend an. Sabrina nickte. „Aber nur einen kleinen, bitte.“

„Mein Großvater hat mich alles gelehrt. Er ist schon lange tot. Als er noch lebte, tat er alles, um die Traditionen aufrecht zu halten. Vor allem die unseres Stammes, der Jardwadjali.“

„Er war bestimmt ein wunderbarer Mensch“, sagte Sabrina mit warmherziger Stimme.

Joe lächelte schief. Er hatte schon lange nicht mehr an den Alten gedacht. Und wenn er es tat, wischte er den Gedanken schnell zur Seite. Er wusste, dass sein Grandpa das, was er heute tat, ganz und gar nicht gutheißen würde.

„Mein Großvater hat sein ganzes Leben in den Grampians zugebracht. Die Leute glaubten damals, dass er zu den wenigen weisen Männern gehöre.“

„Weise Männer? Was meinen Sie damit?“, fragte Sabrina. Sie musste sofort an Èlin denken, die Heilerin, die Scott und ihr im vorigen Jahr auf Island geholfen hatte. Auch sie hatte eine besondere Gabe besessen, die sie mit der übernatürlichen Welt verband. Als sie Joe in die Augen blickte, spürte sie, dass er mit seinen Gedanken weit fort war, irgendwo in der Vergangenheit.

Ein Bild aus seiner Kindheit kam Joe in den Sinn. Sein

Großvater hatte ihn zum ersten Mal alleine auf eine längere Wanderung mitgenommen. Seine Eltern waren zuerst dagegen gewesen, aber sein Grandpa hatte sich durchgesetzt, und Joe glühte vor Stolz, dass er wie ein richtiger Mann mit in den Busch gehen durfte. Auch damals hatten sie in einer der vielen Höhlen übernachtet, die es hier gab. Grandpa hatte ihm die Zeichnungen der Ahnen erklärt, die die Wände der Höhle bedeckten. Die Hände seines Opas waren die Linien auf dem ockerfarbenen Fels nachgefahren, während ein merkwürdiger Glanz in seine Augen getreten war. Er hatte eine Melodie gesummt, die Joe noch nie zuvor gehört hatte.

„Grandpa? Was haben die komischen Figuren zu bedeuten?“, hatte Joe gefragt. Und sein Großvater hatte ihn angeblickt, als sei er aus einem Schlaf erwacht. „Sie erzählen Geschichten, mein Junge. Geschichten, die unserem Stamm vor sehr langer Zeit passiert sind. Aber wir dürfen sie nicht vergessen, sonst passiert etwas Schlimmes. Wir müssen sie immer weiter erzählen, sie in Erinnerung behalten.“

„Was passiert denn, wenn wir sie vergessen?“, hatte Joe neugierig wissen wollen.

Grandpa hatte traurig gelächelt. „Dann geht unser Volk unter, Joe. Und das darf nicht passieren.“ Joe hatte feierlich genickt, als wüsste er ganz genau, was das bedeuten würde. In Wirklichkeit war ihm völlig schleierhaft, was sein Grandpa damit gemeint hatte. Aber irgendwie war ihm trotzdem die Dringlichkeit bewusst gewesen, die alten Geschichten zu kennen. Fast so, als läge das Schicksal seines Volkes irgendwann einmal in seiner Hand. Und so hatte er mit seinem Großvater am Feuer gesessen und den Legenden der Jardwadjali gelauscht. Hatte mit großen Augen zugehört, als sein Grandpa ihm von Bunjil, dem All-Vater und Tjingal, dem bösen Emu, erzählte.

Langsam erwachte Joe aus seinem Rückblick und erinnerte sich an Sabrinas Frage.

„Mein Großvater war ein Wirinun. Das ist unser Name für einen weisen Mann. Er kannte bestimmte Zeremonien, die ihm die Energien der Alten und Geister verliehen. Schließlich ist alles nur die Traumzeit. Gestern, heute und morgen – das ist alles eins."

Sabrina fröstelte. Draußen hatte sich die Dämmerung über die Grampians gesenkt. Ein leichter Windhauch ließ die Scharniere der Fensterläden quietschen. Sie war sich nicht sicher, ob sie die Antwort wirklich hören wollte, aber sie musste die Frage einfach stellen. „Und Sie? Waren Sie ihm ein guter Schüler? Haben Sie nun auch Zugang zu diesen besonderen Energien?"

Ein seltsamer Ausdruck huschte über Joes Gesicht. Dann lächelte er sie spöttisch an. „Vielleicht. Es gibt Geheimnisse, über die man besser nicht sprechen sollte."

Sabrina zuckte die Schultern. „Okay, wenn Sie meinen. Ich glaube, ich sollte meine müden Knochen jetzt sowieso besser über die Bettkante schwingen."

Sie stellte ihr leeres Glas in die Spüle. „Sie bleiben noch auf?"

„Ich werde mir die Zeit noch ein wenig mit meinem Freund hier vertreiben." Joe hob die Flasche, die bereits zu drei Vierteln leer war und schwenkte sie hin und her. „Gute Nacht, Sabrina. Schlafen Sie gut."

Eigentlich kann er auch ganz nett sein. Wahrscheinlich habe ich mich doch in ihm getäuscht, dachte Sabrina, als sie den dunklen Flur zu ihrem Zimmer entlangging. Sie drehte den Lichtschalter an und stutzte, als sie aufs Bett sah. Joes Rucksack lag darauf und war umgekippt. Fast sein ganzer Kram lag verstreut auf dem Laken.

*O Mann, ich hab mich im Zimmer vertan.* Gerade wollte sie das Licht wieder ausschalten und zu ihrem Zimmer weitergehen, als sie innehielt und wie hypnotisiert auf das Bett starrte. Zwischen den T-Shirts, Boxershorts, Socken und Waschzeug lag eine bunte Armbanduhr. Auf dem Ziffernblatt war ein witziges Porträt von Picasso abgebildet.

„He Picasso. Guck mal, hier ist eine Uhr von dir!“, hatte Scott gerufen, als sie bei einem Bummel durch New York vor dem Schaufenster eines Souvenirgeschäfts stehengeblieben waren. Picasso war Scotts Spitzname für Sabrina, seitdem sie sich dazu entschlossen hatte, Kunst zu studieren. Die Uhr war nicht besonders schön oder teuer, aber sie sah irgendwie witzig aus. Am Tag darauf war Sabrina alleine zu dem Geschäft zurückgekehrt und hatte sie gekauft. Sie erinnerte sich noch genau an Scotts überraschten Gesichtsausdruck, als er die Uhr bei ihrem ersten gemeinsamen Weihnachtsfest unter dem Tannenbaum ausgepackt hatte.

„Picasso! Jetzt werde ich bei jedem Blick auf die Uhr an dich denken, mein Schatz.“ Danach hatte er sie an sich gezogen und sehr lange geküsst. Die Uhr hatte er seitdem jeden Tag getragen. Eine Träne rann langsam über Sabrinas Wange. Scotts Uhr lag direkt vor ihr.

**Polizeistation Halls Gap**

Als das Telefon in der Polizeistation von Halls Gap klingelte, war Barny Jones gerade eingenickt. Er hatte einen harten Tag gehabt und war in der Nacht zuvor mehrmals aus dem Bett geklingelt worden. Ausgerechnet jetzt war sein Partner Hank mit seiner ganzen Bagage in den Urlaub gefahren und hing an irgendeinem Strand auf den Fidschis rum, während er sich alleine um alles kümmern musste. Zugegebenermaßen war Halls Gap samt Umgebung eigentlich ein ruhiges Pflaster. Eigentlich. Aber nachdem es nun seit Wochen nicht geregnet hatte und das Thermometer jeden Tag auf fast 40 Grad Celsius kletterte, war die Gefahr eines Buschfeuers beträchtlich gestiegen. Überall zeigten die Warnschilder inzwischen die Alarmstufe Rot für die Waldbrandgefahr an. Das bedeutete unter anderem, dass es strengstens verboten war, ein offenes Feuer anzuzünden. Aber natürlich gab es immer irgendwelche Idioten, die sich nicht daran hielten.

Erst gestern hatte Barny einen Trupp Jugendlicher zur Sau gemacht, weil sie auf einem Waldparkplatz ein Barbecue mit Lagerfeuer abhielten. Die meisten der Kids waren auch noch stockbesoffen gewesen und hatten nur gelacht, als Barny seinen üblichen Vortrag hielt. Heute Morgen war es dann soweit gewesen. Am nördlichen Rande der Grampians war das erste Buschfeuer des Jahres gemeldet worden. Die Feuerwehr hatte es schnell in den Griff bekommen. Aber schon mittags kündigte ein Anruf das zweite Feuer an.

Barny war in Alarmbereitschaft. Er hoffte, dass es diesmal nicht so schlimm wurde wie im Jahre 2006.

Damals hatte ein Buschfeuer in Victoria mehr als 150.000 Hektar Land zerstört. Der größte Brand hatte in den Grampians angefangen. Fast 60.000 Schafe und Rinder waren verbrannt.

Als Barny nun zum Hörer griff, war er schon fast davon überzeugt, dass jemand das dritte Feuer dieses Tages melden würde. Zu seiner Überraschung meldete sich ein Kollege vom Police Department in Melbourne.

Ruhig hörte sich Barny an, was dieser Colin zu sagen hatte. Es ging um einen Amerikaner, der bereits seit einigen Tagen verschwunden war, und nach dem er schon mit Hank zusammen gesucht hatte, bevor der in den Urlaub gefahren war. Erfolglos wohlgemerkt. Da auch das Auto dieses Mannes nirgendwo aufgetaucht war, vermutete Barny, dass der Typ längst über alle Berge war.

Nun sollte also auch noch die Freundin dieses Amerikaners verschwunden sein. Zusammen mit einem Aborigine, der sich in den Grampians auskannte wie in seiner Westentasche. Barny lehnte sich wieder in seinem Schreibtischstuhl zurück und gähnte so leise wie möglich, damit dieser Colin aus Melbourne es nicht hörte.

„Ein Verbrechen liegt also bislang nicht vor?“, fragte er vorsichtshalber nochmal nach. Als Colin verneinte, verdrehte Barny die Augen. Die in Melbourne schienen zu glauben, dass er nichts Besseres zu tun hätte, als haltlosen Vermutungen nachzujagen. Zwischen ihren schicken Hochhäusern schlugen ja auch keine Flammen empor. Aber warum sollte er sich mit einem jungen Kollegen anlegen, der sowieso keine Ahnung von Tuten und Blasen hatte?

„Machen Sie sich keine Sorgen, Sergeant, ich

kümmere mich gleich morgen darum. Allerdings ist es nicht ganz leicht, jemanden in den Grampians zu finden. Das wissen Sie vielleicht?"

Er hörte noch eine Weile zu, wie Colin versuchte, ihm die Dringlichkeit der Sache darzulegen. Dann versicherte er ihm nochmals, dass er alles Menschenmögliche tun werde, um die beiden Urlauber so schnell wie möglich zu finden. Dieser Colin schien mit seiner Antwort zufrieden zu sein. Na also. Barny legte auf. Er zerknüllte den Zettel, der vor ihm gelegen hatte und auf dem er sich einige Notizen gemacht hatte, und warf ihn in den Papierkorb.

Eigentlich war es doch ganz gut gewesen, dass der Anruf nicht wegen eines neuen Brandherdes eingegangen war. Um den hätte er sich sofort kümmern müssen. Die Touristin und der Aborigine würden schon von alleine wieder auftauchen. Und der Fotograf zog wahrscheinlich längst mit einer anderen durch die Bars von Sydney oder wer weiß wo. Barny räkelte sich in eine etwas bequemere Lage und war fünf Minuten später wieder eingeschlafen.

## Mel

Der blinkende Punkt auf seiner Ortungs-App hatte sich seit einer ganzen Weile nicht mehr bewegt. Mel starrte grimmig auf das Display und dachte: Was ist los mit dir, Scott, hast du etwa schon schlappgemacht? Warte nur, Daddy kommt und holt dich.

Er überlegte, auf welchem Weg er Scott am besten erreichen konnte. Leider hatte der Idiot sich quer durch die Pampa geschlagen, anstatt einen regulären Weg zu nehmen. Der nächste Wanderweg war einen guten Kilometer von Scotts jetzigem Standpunkt entfernt, aber das wusste der sicher nicht. Schließlich hatte er kein Handy und kannte sich in den Grampians auch gar nicht aus.

Mel schüttelte genervt den Kopf. Diesen Tag hatte er sich wirklich anders vorgestellt. Gut, dass wenigstens sein Partner in der Zwischenzeit nicht angerufen hatte. Er würde vermutlich ausflippen, wenn er erführe, dass Scott auf der Flucht war. Die würde allerdings nicht mehr lange dauern, da war Mel sich sicher.

Er fuhr, so nahe es ging, an Scotts Aufenthaltsort heran, parkte den Pick-up im Wald und machte sich zu Fuß auf den Weg. Inzwischen bewegte sich der blinkende Cursor zwar wieder, aber höchstens halb so schnell wie zuvor. Mel war ausgeruht. Und die Wut trieb seine Schritte zusätzlich an. Er brauchte eine halbe Stunde, dann sah er Scott vor sich. Auf einem Stock gestützt, humpelte er langsam durch den Wald und schien ihn noch nicht bemerkt zu haben.

Mel zog die Pistole aus seiner Hosentasche und

richtete sie auf den Amerikaner. „Bleib stehen, du Schwein!"

Scott verharrte abrupt in der Bewegung und drehte sich dann wie in Zeitlupe um.

„Mel. Scheiße. Wie hast du mich gefunden?"

Mel betrachtete Scott von oben bis unten. Seine Kleidung war zerrissen und verschmutzt. Er blutete an mehreren Stellen, und offenbar war sein rechter Knöchel geschwollen.

„Für so was gibt's heutzutage eine App. Den passenden Sender dazu trägst du unter deinen Schuhen."

Scotts Gesicht drückte ungläubiges Staunen aus. Er stand noch immer auf seinen Stock gestützt da und hielt den Fuß etwas angehoben. Mel fand, dass er beschissen aussah. Fast war er geneigt, Mitleid für ihn zu empfinden. Aber nur fast. Immerhin hatte Scott ihre Freundschaft verraten.

„Bist du unter die Dingos gekommen oder warum siehst du so aus?", rief er ihm zu.

Scott schüttelte den Kopf. „Ich bin gestürzt. Eigene Blödheit."

Einen Moment schwiegen beide. Die Hitze flirrte in der Luft. In den Grampians war es auf einmal totenstill. Fast schien es, als halte die Natur den Atem an.

„Und wie soll's jetzt weitergehen? Willst du mich hier in der Wildnis abknallen?" Scott versuchte, einen spöttischen Klang anzuschlagen. Doch Mel bemerkte das Zittern in seiner Stimme durchaus.

„Vielleicht sollte ich das tun. Verdient hättest du es!", rief Mel zurück. „Aber ich bin kein Mörder", fügte er mit leiserer Stimme hinzu. „Komm jetzt hierhin und geh vor mir her“, befahl er Scott, ohne ihn ein einziges Mal aus den Augen zu lassen. Ein zweites Mal würde Scott ihm nicht entwischen, das stand fest.

Quälend langsam kehrten die beiden zum Wagen zurück.

„Oh Gott, ich bin komplett in die falsche Richtung gegangen“, flüsterte Scott, als er erkannte, dass der Weg nur gut einen Kilometer von jenem Ort entfernt war, an dem er gestürzt war.

„Tja, Pech gehabt, Kumpel. Scheint so, als stünde dein Australien-Urlaub nicht gerade unter einem glücklichen Stern.“

Scott gab nur ein Brummen als Antwort von sich. Mit einem Stöhnen ließ er sich auf den Beifahrersitz sinken, und Mel legte ihm einmal mehr Fesseln an. „Hier, trink einen Schluck Wasser“, hielt Mel ihm eine Flasche hin. Er sah den Amerikaner aufmerksam an. Scott war ganz grau im Gesicht. Er sah aus, als würde er jeden Moment umkippen. Hoffentlich hatte er bei seinem Sturz keine inneren Verletzungen erlitten, dachte Mel.

Er setzte sich ans Steuer und drehte den Zündschlüssel um. So konnte es nicht weitergehen. Er würde seinen Partner anrufen. Sollte der doch eine Entscheidung treffen, was mit dem Amerikaner geschehen sollte.

**Sabrina**

Einen Moment lang war sie versucht, die Uhr zu nehmen, in die Küche zurückzurennen und ihre Fäuste auf Joes Kopf prasseln zu lassen. Ihn anzuschreien. *Du Scheiß Mistkerl, was hast du mit Scott gemacht?* Aber sie wusste, dass Joe um ein Vielfaches stärker war als sie. Und gefährlich.

Mit zitternder Hand löschte sie das Licht, ging ein paar Schritte weiter in ihr Zimmer und schloss die Tür hinter sich. Sie legte sich vollständig angezogen aufs Bett und dachte nach.

*Jetzt nur nichts Unüberlegtes tun!* Sie wusste zwar nichts Genaues, aber irgendetwas musste Joe mit Scotts Verschwinden zu tun haben, sonst hätte er die Uhr nicht. Und dass es Scotts Armbanduhr war, darüber war sich Sabrina absolut sicher. Sie hätte sie unter tausend anderen Uhren wiedererkannt. So etwas Spezielles, noch dazu in den Farben Schwarz und Rot, gab es hier sicherlich nicht zu kaufen.

Denk nach, Sabrina, beschwor sie sich selbst. Was sollte sie tun? Obwohl ihr das Herz bis zum Hals schlug, versuchte sie, einen kühlen Kopf zu bewahren und ihre Lage objektiv zu beurteilen. So sah es aus: Sie war alleine mit Joe in einem abgelegenen Guesthouse, das schon längst geschlossen war. Der Akku ihres Handys war leer. Sie konnte niemanden erreichen, und keiner wusste, wo sie sich momentan aufhielt. Joe hatte sie ganz offensichtlich belogen.

*Wer weiß, was er mit ihr vorhatte?* Mit einem Mal kam ihr ein furchtbarer Verdacht. Vielleicht hatte Joe von

Anfang an gewusst, dass dieses Guesthouse nicht mehr bewohnt war. Was, wenn er zuerst Scott beseitigt hatte und nun auch sie loswerden wollte? Eine eisige Angst kroch in Sabrina empor. Sie musste hier weg, und zwar so schnell wie möglich.

Während sie in der Dunkelheit auf ihrem Bett lag und nachdachte, hörte sie Geräusche aus der Küche. Das Klappern eines Glases auf Emaille. Der Wasserhahn lief. Dann leise Schritte auf dem Flur. Stille. *Oh Gott, er wird doch hoffentlich nicht in mein Zimmer kommen?* Wieder Schritte, das Klacken eines Lichtschalters, eine Tür, die geschlossen wurde. Er ist in seinem Zimmer, dachte Sabrina erleichtert.

Sie wartete eine Stunde, dann schwang sie lautlose ihre Beine aus dem Bett und stopfte im Dunkeln ihre Sachen in den Rucksack. Sie nahm ihre Schuhe in die Hand, schlich auf Zehenspitzen aus dem Raum und schloss mit angehaltenem Atem die Tür hinter sich. Vor Joes Raum blieb sie einen Moment stehen. Gleichmäßiges Schnarchen erklang bis hinaus auf den Flur. Etwas beruhigt ging sie weiter in die Küche und machte dort das kleine Licht über der Spüle an. Wenn Joe jetzt erwachte und nach ihr sah, könnte sie immer noch sagen, dass sie nur einen Schluck Wasser trinken wollte. So leise wie möglich füllte sie zwei Flaschen mit Wasser und packte sie in den Rucksack. Auf dem Tisch stand noch immer die Whiskeyflache. Sie war leer.

*Hoffentlich hast du morgen einen mordsmäßigen Kater und es geht dir richtig dreckig, du Schwein.*

Sie machte das Licht aus und öffnete die Haustür für einen Spalt, durch den sie hindurch passte. Immerhin quietschte das Teil nicht. *Glück gehabt.*

Erst als sie sich ein paar Meter vom Haus entfernt hatte, zog sich Sabrina ihre Schuhe an. Hier draußen war es stockdunkel. Ohne Taschenlampe konnte sie kaum etwas erkennen, aber sie hatte Angst, dass Joe wach werden und den Lichtschein sehen könnte. Also tastete sie sich im Dunkeln voran. Sie wusste ungefähr die Richtung, in der sie gehen musste, um wieder auf den Weg zu kommen, der sie von hier fortbringen würde. Auf geht's, ich schaffe das, machte sie sich selber Mut und begann ihren Marsch durch die Nacht.

Sobald sie sich sicher war, vom Haus aus nicht mehr gesehen zu werden, schaltete sie die Taschenlampe ein, denn ohne war sie hier wirklich verloren. Andauernd stolperte sie über Baumwurzeln oder Steine, die im Weg lagen. An die Schlangen, die bestimmt auch nachts gerne unterwegs waren, wollte sie lieber gar nicht denken.

Vielleicht bin ich, wenn es hell wird, schon auf einer Straße und kann ein Auto anhalten, hoffte sie. Dann werde ich mich zur Polizei bringen lassen, denen alles erzählen, und sie können Joe noch festnehmen, während er im Bett liegt und seinen Rausch ausschläft. Dass es so einfach sein würde, glaubte Sabrina allerdings selbst nicht.

Zwei Stunden nachdem sie aufgebrochen war, schmerzten ihre Füße, als hätten Mäuse die Haut unter ihren Sohlen gefressen und nur das blutige Fleisch übrig gelassen. Lieber Gott, lass mich durchhalten, bis ich diese verdammte Straße erreicht habe, betete Sabrina mit zusammengebissenen Zähnen. Sie kam jetzt viel langsamer voran, als am Anfang. Jeder Schritt war eine einzige Qual. Zudem hatte sie sich schon einige Male gefragt, wie lange wohl so eine Taschenlampenbatterie hielt. Irgendwie kam es ihr so vor, als ob der Lichtstrahl, der ihr den Weg ausleuchtete, schon etwas schwächer geworden war.

Vorhin war ein kleines Tier, das sie noch nie zuvor gesehen hatte, blitzschnell einen Baumstamm hinaufgeflitzt. Joe hätte ihr erklären können, dass es ein Sugar Glider war und absolut harmlos. Von den Gleitbeutlern gab es Tausende in den Grampians. Doch sie lebten im Geheimen.

Als Sabrina das verwitterte Holzschild, dessen Schrift kaum noch zu lesen war, erreichte, war sie am Ende ihrer Kräfte. Sie leuchtete mit ihrer Taschenlampe auf die Buchstaben und las, dass es 250 Meter von hier eine Höhle mit alten Aborigine-Zeichnungen gäbe.

*Vielleicht kann ich mich dort kurz ausruhen. Nur ein ganz bisschen, bis meine Füße nicht mehr so doll wehtun. Dann gehe ich weiter.*

Mit letzter Kraft legte sie die Strecke zurück, die auf eine Anhöhe und schließlich zur Höhle führte. Sie sah ganz ähnlich aus, wie die, in der sie die Nacht zuvor geschlafen hatten. Nur dass die Wände hier voll mit Malereien waren. Sabrina ließ den immer trüber werdenden Schein der Taschenlampe über die Wände gleiten. Was war das? Vor ihren Augen tanzten Hände im gelblichen Licht. Hunderte von Kinderhänden. Zwischen ihnen schlängelte sich eine bunte Schlange. Ihre Zunge fuhr aus dem Maul. Fast konnte Sabrina sie hören. Doch auf jeden Fall erkannte sie sie wieder. Es war die gleiche Schlange, die sie zu Hause in New York in ihrem Traum gesehen hatte.

Sie knipste die Taschenlampe aus, ließ sich langsam auf den Boden sinken und lehnte den Kopf an die Wand. In der Höhle war es warm und still. Sabrina schloss die Augen und genoss das Gefühl, dass der Schmerz in ihren Füßen nachließ. Merkwürdigerweise fühlte sie sich auf einmal sicher und geborgen, so als wäre sie gar nicht mehr allein mitten in der Wildnis. Tief in ihrem Inneren wusste sie: Hier kann mir niemand etwas antun. Falls sie umgeben war von den Geistern der Traumzeit, dann waren es auf jeden Fall gute Geister.

Als sie diesmal einschlief, fand sie sich sofort in jenem Urwald wieder, in dem sie Scott in ihrem letzten Traum verloren hatte. Es war, als wäre sie gar nicht fort gewesen. Um sie herum wuchsen Farne, Büsche und riesige Bäume, die ihr die Sicht versperrten. Scott war verschwunden. Sie rief nach ihm. Er antwortete nicht. Doch diesmal konnte sie seine Anwesenheit spüren. Er lebte! Und er war ganz in ihrer Nähe.

## Joe

Er erwachte mit einem schalen Geschmack im Mund und bohrenden Kopfschmerzen. Stöhnend öffnete Joe die Augen und blinzelte ins helle Sonnenlicht. Schnell schloss er die Augen wieder und verfluchte sich selbst, dass er die Flasche in der Nacht zuvor unbedingt noch austrinken musste. Aber es nutzte nichts. So langsam wie möglich setzte sich Joe im Bett auf und hob die Lider ein zweites Mal. Schon besser. Dem Sonnenlicht nach zu urteilen, war es bestimmt acht oder neun Uhr. Im Haus war kein Ton zu hören.

Vermutlich schlief Sabrina noch. Sie hatte zwar längst nicht so viel getrunken wie er, aber sie war körperlich fix und fertig gewesen. Wahrscheinlich würde es ihr noch schlechter gehen als ihm. Er musste jetzt einfach mal duschen. Vielleicht würde er sich dann besser fühlen. Und Kaffee, der war auch ganz wichtig.

Auf dem Weg zum Badezimmer blieb Joe kurz vor Sabrinas Zimmertür stehen. Kein Laut drang nach außen. Ganz gut so, dachte Joe, dann habe ich noch eine Weile meine Ruhe.

Der kalte Wasserstrahl weckte seine Lebensgeister. Nachdem er geduscht hatte, kochte er Kaffee und setzte sich an den Küchentisch. Die Kopfschmerzen hatten sich etwas gebessert. Das Frühstücksangebot war übersichtlich. Wenn die Lady endlich aufgestanden ist, könnten wir uns eine Dose Bohnen warmmachen, überlegte Joe. Vorerst war er aber ganz zufrieden damit, den ersten Kaffee alleine zu trinken. Er fuhr sich mit der Hand durch sein feuchtes Haar und schüttelte leicht verwundert den Kopf. Was er sich in dieser Nacht zusammengeträumt hatte, war ein ziemlicher Mist gewesen. Obwohl er so viel getrunken hatte, konnte er sich noch genau daran erinnern. Die ganze Zeit hatte sein Großvater in seinem Kopf herumgespukt. Verrückt! An den Alten hatte er außer gestern Abend schon ewig nicht mehr gedacht. In seinem Traum aber hatte Großvater mit ihm geredet, als wenn er wirklich neben ihm gesessen hätte.

Fast konnte er noch den warmen Händedruck auf seiner Schulter spüren, als der alte Mann ihn dadurch aufgefordert hatte, ihm richtig in die Augen zu sehen. Joe hatte den direkten Blickkontakt bis dahin vermieden. Er schämte sich. Er hatte das Gefühl, dass sein Großvater ihm bis auf den Grund seiner Seele blicken konnte und dabei all die großen und kleinen Dinge entdecken würde, die Joe lieber geheim halten wollte.

Seltsamerweise war sein Großvater aber gar nicht sauer auf ihn gewesen. Er hatte ihm zu verstehen gegeben, dass er lange auf Joe gewartet hätte und die Zeit nun reif sei.

„Für was denn?“, hatte Joe nervös gefragt.

„Das wirst du schon sehen“, hatte der alte Mann geantwortet und ihn zu einem Platz auf einem Felsen hoch über den Grampians geführt. Es war eine warme Nacht, über ihnen leuchtete das Kreuz des Südens. Auf dem Felsen brannte ein Feuer, an dem sich Joe und sein Großvater niederließen.

„Erinnerst du dich noch an all die Geschichten aus der Traumzeit, die ich dir erzählt habe?“

Joe hatte genickt. „Das ist gut. Du darfst sie nicht vergessen, genauso wenig wie die besonderen Fähigkeiten, die von einer Generation unseres Volkes an die andere weitergegeben werden."

Joe hatte nicht ganz verstanden, um welche Fähigkeiten es sich da handeln sollte.

„Mein Übergang in die andere Welt kam zu schnell, als dass ich dich richtig vorbereiten hätte können. Das tut mir leid, mein Junge."

Sein Großvater hatte ihn auf seine ganz besondere Art traurig angelächelt. „Ich hatte die Initiationszeremonie für dich, meinen Lehrling, schon geplant. Aber dann kam der Truck dazwischen."

Selbst in seinem Traum hatte Joe einen Stich im Herzen gespürt. Der Tag, an dem sein Großvater von einem trunksüchtigen Lkw-Fahrer totgefahren worden war, war der schlimmste in seinem Leben gewesen. Aber nun war Grandpa ja wieder bei ihm. „Dein Leben ist ein Geschenk. Nutze es sinnvoll", sagte er in dem Traum und bedachte ihn dabei mit einem Blick, der Joe durch und durch ging. Dann war sogar noch etwas Merkwürdigeres passiert. „Nimm die hier und trete mein Erbe an", hatte Großvater gesagt und ihm einige schwarze Steine übergeben.

„Aber... das ist Maban!", hatte Joe ausgerufen. Er wusste, dass die Besitzer des Maban selbst zu Schamanen, zu weisen Wirinuns wurden. Schon als er noch ganz klein war, hatte sein Großvater ihm die Steine gezeigt. Es waren Quarzkristalle. Er hatte ihm erklärt, dass die Energie des Quarzes ein Echo zu der an den heiligen Plätzen noch vorhandenen Energie der Regenbogenschlange hervorrufe. Wer Maban sein Eigen nannte, konnte diese Energie spüren und nutzen.

Die Steine hatten sich heiß in seinen Händen angefühlt. Verlockend. Aber Joe wollte sie nicht haben. Er war ein Krimineller, er hatte schon genügend Schande über die Familie gebracht.

„Behalte Sie. Ich bin es nicht wert, Großvater“, hatte er gesagt.

Doch der Alte hatte wiederum nur gelächelt. Danach konnte Joe sich an nichts mehr erinnern.

Was für einen Quatsch man träumen kann, dachte Joe und goss sich eine zweite Tasse ein. Jetzt, da das helle Sonnenlicht in die Küche schien, kam ihm sein nächtlicher Traum völlig verrückt vor. Wahrscheinlich lag es an den Grampians. Sie machten seltsame Dinge mit einem – zumindest wenn man zum Stamme der Jardwadjali gehörte.

Nachdem Joe auch die zweite Tasse Kaffee getrunken hatte und sich in Sabrinas Zimmer immer noch nichts regte, stand er auf und klopfte an ihre Tür. Nicht der kleinste Laut war aus dem Raum zu hören. Er wartete einen Moment, drückte den Türgriff hinunter und riss die Augen auf. Das Zimmer war leer.

*Was zum Teufel sollte das jetzt?* Mit einem Blick registrierte Joe, dass auch Sabrinas Rucksack verschwunden war. Er schüttelte fassungslos den Kopf. Sie musste entweder mitten in der Nacht oder am frühen Morgen abgehauen sein. Aber warum? Soweit er sich erinnern konnte, hatte er sie weder beleidigt noch bedroht. Im Gegenteil, er hatte ihr doch gesagt, dass sie heute in ein paar Stunden wieder zurück in der Zivilisation waren.

Wenn Sie nur einen kurzen Spaziergang um das Guesthouse unternommen hätte, wäre sie inzwischen längst zurück. Joe zuckte die Schultern. *Weiber! Sie brachten einen nur in Schwierigkeiten.* Wenn Sabrina nicht wieder auftauchte, würde er gewaltigen Ärger mit seiner Mutter und vermutlich auch mit der Polizei bekommen. Aber was konnte er dafür, dass diese Bekloppte einfach davonlief?

Er versetzte dem Bettgestell einen saftigen Fußtritt und kehrte in die Küche zurück. Das war der erste und letzte Auftrag, den er fürs Visitor Center angenommen hatte. Er aß die Bohnen auf, trank den Rest Kaffee und machte sich bereit für den Rückweg. Sollte Sabrina sehen, wie sie klar kam, er war nicht ihr Kindermädchen. Wahrscheinlich könnte er sie leicht einholen, so langsam wie sie am Vortag gelaufen war. Aber warum? Es war ihre Entscheidung gewesen, abzuhauen.

Er würde eine Abkürzung nach Hause nehmen, die über einen steilen Berg führte und schwieriger zu laufen war. Aber so wäre er bestimmt zwei Stunden früher zu Hause. Er musste dringend seinen Freund anrufen, um endlich diese Sache zu Ende zu bringen, die ihm hoffentlich einen Batzen Geld einbrachte. Vielleicht würde er danach aufhören, diese krummen Dinge zu machen. *Vielleicht.* Diese eine Sache jedoch musste er zu Ende bringen. Eigentlich hätte er sich schon längst bei seinem Partner melden sollen. „Die Sache mit den Autos wird sich für dich lohnen, Joe", hatte er ihm versichert.

Joe verriegelte die Fenster, schloss die Tür hinter sich zu und schlug die entgegengesetzte Richtung ein, die Sabrina genommen hatte. Während er den Zweig eines Baumes zur Seite schob, um sich seinen Weg durchs Dickicht zu bahnen, trat er mit dem Fuß gegen etwas

Hartes. *Verdammt, hier waren doch gar keine Felsen?*

Joe bückte sich und erschrak, als er sah, was direkt vor seinen Füßen lag. Ein kleiner Haufen schwarzer Steine. Mit klopfenden Herzen streckte er seine Hände aus und hob die Steine auf. Kein Zweifel: das war Maban.

Joe stöhnte, Schweißtropfen sammelten sich auf seiner Stirn. Was ging hier vor? Im Geiste sah er wieder das Gesicht seines Großvaters vor sich auftauchen. Du hast immer eine Wahl, hatte der alte Jim gesagt. Blieb ihm überhaupt etwas anderes übrig? Joe schloss die Augen. Diesmal war es kein Traum. Die Steine in seiner Hand fühlten sich heiß an. Fast schienen sie zu pulsieren. Sein Großvater hatte Recht gehabt. Maban besaß seine eigene Magie. Joe stopfte die Steine in seine Hosentasche und kehrte um.

## Sabrina

Sie hatte nur kurz geschlafen, doch als sie erwachte, fühlte Sabrina sich herrlich erfrischt und voller Energie. Draußen wurde es langsam hell. Der Wald erwachte. Sie setzte sich für ein paar Minuten vor die Höhle und beobachtete die Morgendämmerung von ihrem erhöhten Aussichtsplatz. Von Augenblick zu Augenblick wurden die Farben der Farne, Gräser und Bäume um sie herum intensiver. Vögel sangen, Insekten summten. Nur ein paar Meter von ihr entfernt saß ein Koala auf einem Ast und kaute bedächtig auf einem Eukalyptusblatt. Sabrina atmete die klare Morgenluft ein und blieb so lange sitzen, bis die Sonne wie ein funkelnder Rubin am Horizont aufging. Wie oft hatte sie die Grampians inzwischen verflucht? Jetzt dachte sie: Es ist wunderschön hier.

Nachdem sie einen Schluck Wasser getrunken hatte, verließ sie die Höhle und folgte den schmalen Pfad, der hinab zum Wanderweg führte. Obwohl sie kein Frühstück gehabt hatte, war sie weder hungrig, noch schlapp. Merkwürdigerweise taten ihr auch die Füße kaum noch weh.

Nach einer Dreiviertelstunde machte der Weg vor ihr einen Knick und Sabrina blieb stehen. War da links von ihr ein Geräusch gewesen? Hatte sich im Dickicht etwas bewegt? Sie hielt die Luft an und lauschte. Da war nichts. Geh einfach weiter, sagte sie sich. Aber irgendetwas hinderte sie daran, dem Weg zu folgen.

Und wenn dort doch jemand im Wald war, ganz in ihrer Nähe? Sabrinas Nackenhaare stellten sich auf. Die Atmosphäre um sie herum hatte sich spürbar verändert.

*Mach dich nicht verrückt. Was soll da sein?*

Sie zwang sich, weiterzulaufen, und hielt nach zwei Metern wieder inne. Etwas in ihrem Inneren sagte ihr, dass es falsch war, in diese Richtung zu gehen. Etwas zog sie unwiderstehlich nach links in den Busch.

Geh auf keinen Fall dort hinein, sonst wirst du dich hoffnungslos verlaufen. Bleib auf dem Weg, befahl ihr der Verstand. Doch eine unsichtbare Macht, etwas viel Stärkeres als ihr eigener Wille, zog sie in den Urwald.

Ich gehe nur ein paar Meter hinein, um nachzusehen, was da los ist, beruhigte sie ihr Gewissen. Tu es nicht!, kämpfte ihr Verstand dagegen an. Da kam ihr eine Idee. Sie öffnete ihren Rucksack und holte ein Paket Papiertaschentücher heraus. Sorgfältig riss sie eines der Taschentücher in dünne Streifen. Den ersten band sie um einen schlanken Baum am Wegesrand. Sie schob die Zweige auseinander und verließ den Weg. Es fühlte sich richtig an. Alle zehn bis 15 Meter knüpfte sie ein Stückchen des Taschentuchs an einen Baum und schlug sich querfeldein durch die Grampians.

Ich gehe wirklich nur ein kleines bisschen querfeldein, dann kehre ich um und folge wieder dem Wandertrail, sagte sich Sabrina immer wieder. Aber im Grunde genommen zweifelte sie keineswegs daran, dass sie genau den richtigen Weg ging. Alle Angst war von ihr abgefallen. Ein Gedanke blitzte in ihr auf. War dies die Magie der Traumzeit? Doch Sabrina blieb keine Zeit darüber nachzudenken. Sie bahnte sich ihren Weg durch die Wildnis.

## Hütte in den Grampians

Erneut lag Scott auf seiner Pritsche in der Hütte. Mel hatte ihm einen Eimer mit kaltem Wasser hingestellt, in dem er seinen geschwollenen Knöchel kühlen konnte. Die beiden Männer vermieden es, miteinander zu reden. Nachdem Mel ihn in die Hütte bugsiert und am Bett gefesselt hatte, war er nach draußen gegangen und hatte sich auf die Bank gesetzt.

*So eine verdammte Scheiße.* Er wusste nicht, was er tun sollte. Aber so konnte es auf keinen Fall weitergehen. Er hatte sich selbst etwas vorgemacht, zu glauben, Scott wäre sein Freund oder könnte es werden. Jetzt wollte er nur noch eines: Den Amerikaner so schnell wie möglich loswerden und selbst hier verschwinden. Es kotzte ihn an, immerzu in dieser winzigen Hütte im Wald zu hocken und wie eine Mutter für ihren Sohn für diesen Kerl zu sorgen.

Er hatte zwar schon vor Jahren mit dem Rauchen aufgehört, aber jetzt würde er etwas darum geben, eine Schachtel Zigaretten zu haben. Er knetete seine Finger und ließ die Knochen dabei knacken. Vielleicht wäre es das Beste, Scott loszumachen, ihn seinem Schicksal zu überlassen und selbst abzuhauen. Er könnte woanders neu anfangen. Vielleicht tatsächlich – so wie Scott ihm geraten hatte – in einer Autowerkstatt arbeiten. Ein Mädchen kennenlernen. Ein ganz normales Leben führen. Allerdings wäre es nicht schlecht, wenigstens ein kleines Startkapital zu haben. Momentan hatte er so gut wie nichts in seiner Brieftasche.

Mel ärgerte sich, dass er beim letzten Mal, als er seinen Auftraggeber getroffen hatte, nicht darauf bestanden hatte, seinen Anteil ausgezahlt zu bekommen. Dieser Halsabschneider hatte mit einer Kreditkarte vor seiner Nase herumgewedelt und behauptet, gerade kein Bargeld dabei zu haben. Inzwischen schuldete er Mel rund 20.000 Dollar. Das war zwar kein großes Vermögen, aber immerhin käme er damit so lange über die Runden, bis er richtige Arbeit gefunden hätte.

Mel lehnte sich an die Hauswand zurück und seufzte. Kein Zweifel, er hatte sich in letzter Zeit ein paar Fehler zu viel geleistet. Aber das würde jetzt anders werden. Sein Plan stand fest. Er würde sich mit seinem Partner treffen, sein Geld nehmen und verschwinden. Und dann wäre Schluss mit Betrügereien, den Autodiebstählen und Einbrüchen. Das sollte jetzt für immer der Vergangenheit angehören.

Mel atmete tief durch. Der Plan war gut. Er fühlte sich irgendwie erleichtert, endlich einen Entschluss getroffen zu haben. Was mit Scott passierte, würde man sehen. Er könnte ihn so einschüchtern, dass er darauf verzichtete, ihm die Polizei auf den Hals zu hetzen.

Mel zog sein Handy aus der Tasche und wählte die Nummer seines Partners. Doch ehe er auf die Anruftaste drückte, hörte er ein leises Motorengeräusch. Ein Auto hielt hinter seinem Pick-up.

Mel steckte das Telefon wieder in die Tasche und lief den Weg zum Auto hinunter. Wenn man an den Teufel denkt. Sein Partner, er sollte wohl besser Boss sagen, war ausgestiegen und kam ihm entgegen.

„Hallo Mel. Dachte, ich schaue mal kurz selbst bei dir vorbei, damit wir unser kleines Problem aus der Welt schaffen.“

Mel sah ihn mit hochgezogenen Augenbrauen an. „Das ist ein Zufall. Ich wollte Sie gerade anrufen.“

Der Mann lehnte sich an sein Auto an und vergrub die Hände in den Taschen seiner Jacke. „Warum? Gibt’s Probleme?“

„Nicht direkt. Aber so kann es ja wohl nicht weitergehen. Ich will hier weg. Und ich will mein Geld.“

„Diesen Amerikaner hast du dir selbst eingebrockt, Mel. Wie oft habe ich dir gesagt: Keine Zeugen!“

Mel schluckte. „Ich weiß. Es ist nun mal passiert. Was machen wir jetzt mit ihm?“

„Ganz einfach: du erschießt ihn und wir vergraben ihn hier im Wald. Du weißt ja: Tote reden nicht.“

Mel riss die Augen auf und starrte den anderen entsetzt an. „Das können Sie nicht machen. Meine Güte, ich hab ein paar Autos für Sie geklaut. Aber das hier, das wäre Mord!“

Die Stimme seines Bosses klang kühl und unbeteiligt. „Willst du ihn laufenlassen, Mel? Er wird bereits von der Polizei gesucht. Seine Freundin ist in Australien und hat eine Menge Staub aufgewirbelt. Sobald der Typ frei ist, würde er dich sofort bei der Polizei verpfeifen. Und die kämen ganz schnell darauf, dass auch die ganzen Autodiebstähle an der Westküste auf dein Konto gehen. Dazu das Kidnapping ... Du kämst für viele Jahre in den Knast. Willst du das?“

Mel war aufgefallen, dass der andere immer nur von ihm geredet hatte, so als hätte er selbst gar nichts damit zu tun. Dabei war er der Auftraggeber. Er hatte die Karren weiter verschachert. Er hatte den Löwenanteil verdient.

Mel fühlte sich gleichzeitig hilflos und wütend. Bestimmt hatte der Scheißkerl Recht. Wenn sie erwischt würden, käme er selbst ins Kittchen und der feine Herr Geschäftsmann wahrscheinlich mal wieder mit weißer Weste aus der Geschichte heraus.

Der andere schaute ihn immer noch abwartend an. „Also, was ist nun? Lass uns die Sache durchziehen. Danach kriegst du dein Geld, und in einer halben Stunde kannst du von hier verschwinden."

Er wies auf seinen Wagen. „Ich habe eine Schaufel im Wagen. Schließlich soll dieser Scott doch ein schönes Begräbnis bekommen. Eine Pistole hast du ja."

Unwillkürlich griff Mel zu der Pistole in seiner Tasche. Bittere Magensäure stieg in seiner Kehle auf. Er konnte Scott doch nicht einfach abknallen wie einen tollwütigen Hund. Aber blieb ihm etwas anderes übrig? Sein Boss hatte sich umgedreht und ging den Hang zur Hütte hinauf. Mel folgte ihm.

***

Sabrinas Taschentücher waren fast aufgebraucht. Sie war jetzt gut zwei Stunden lang durch den dichten Wald gelaufen. Es war, als folgte sie einer unsichtbaren Spur, die jemand extra für sie durch die Grampians gelegt hatte. Nicht eine Sekunde hatte sie darüber nachgedacht, dass sie wieder auf eine Schlange treten könnte, und dann wahrscheinlich alleine in der Wildnis sterben würde. Stattdessen war sie von einer Ruhe und Sicherheit erfüllt, die sie noch nie zuvor erlebt hatte.

Die feinen, zartgrünen Zweige der Riesenfarne

streiften ihre nackten Arme. Der Schmerz in ihren wunden Füßen hatte sich komplett zurückgezogen, seitdem sie den Wanderweg verlassen hatte. Sie verspürte weder Hunger noch Durst und lief leichtfüßig über den federnden Waldboden. Später würde sie sich darüber wundern. Sich fragen, wie das überhaupt sein konnte. Doch jetzt folgte sie einfach ihrem Instinkt. Von den Bäumen schauten Kakadus auf die junge Frau hinab, die durch ihr Territorium streifte. Kängurus schliefen nur wenige Meter entfernt und hoben blinzelnd die Köpfe, als Sabrina auf leisen Sohlen vorbeilief. Dann setzten sie ihren Schlaf fort. Es bestand keine Gefahr. Das Leben gehorchte seinem ureigenen Rhythmus. So war die Traumzeit in den Grampians – vom Anbeginn der Zeit bis in alle Ewigkeit.

Sabrina sah die kleine Hütte erst, als sie schon fast davor stand. *Wer immer sie gebaut hatte, hatte einen Platz ausgesucht, der von Menschen nicht gefunden werden sollte.*

Sie ging näher heran und hörte Stimmen. Täuschte sie sich oder... Jetzt schlug ihr das Herz bis zum Hals. Sie war sich ganz sicher: Sie hatte Scotts Stimme gehört. Er lebte! Ihr stiegen Tränen in die Augen. All die Angst, die Verzweiflung, die Einsamkeit der letzten Tage lösten sich. Noch einen Schritt, dann hatte sie das Fenster erreicht, durch das man in die Hütte blicken konnte. Sie sah durch das schmutzige Fensterglas in einen kleinen Raum. Scott lag auf einem Bett und davor standen zwei Männer. Ein verwahrlost aussehender Mann mit Pferdeschwanz hielt eine Waffe in der Hand. Und daneben stand ... Das konnte doch nicht wahr sein! Sie riss die Augen auf und wollte schreien, doch da presste sich eine große Männerhand fest auf ihren Mund. Ein muskulöser Arm umschlang ihren Oberkörper und hielt sie mit eiserner Kraft fest, so dass sie sich nicht mehr rühren konnte. Verzweifelt versuchte Sabrina, den Hals zu drehen, um ihren Angreifer ins Gesicht zu sehen. Es war Joe.

***

Die Tür öffnete sich, und Scott sah erstaunt auf, als Mel zusammen mit einem fremden Mann die Hütte betrat. Das musste sein ominöser Partner sein. *Den habe ich mir ganz anders vorgestellt.* Er trug teure Kleidung und sah ausgesprochen gut aus. Ein richtiger Frauentyp, dachte Scott und war irgendwie erleichtert. Mit diesem Mann würde er garantiert reden können. Er machte einen sympathischen Eindruck und er würde bestimmt sofort einsehen, dass es besser war, ihn frei zu lassen. Scott atmete auf. Vielleicht war er schon in ein paar Minuten auf dem Weg in die nächste Stadt.

„Sie sind also Scott aus New York." Der Fremde musterte ihn von Kopf bis Fuß, ohne die Miene zu verziehen. „Ich hatte Sie mir anders vorgestellt."

Scott stutzte. Was meinte der Typ damit? Auf einmal hatte er gar nicht mehr das Gefühl, dass sich die Sache hier zum Besseren wendete.

„Hören Sie, ich weiß nicht, wer Sie sind und was Sie mit Mel zu tun haben, und es ist mir auch völlig egal. Sie brauchen mir Ihren Namen nicht zu sagen, wenn Sie nicht wollen. Aber bitte, machen Sie mich los und lassen Sie mich gehen."

Scotts Kehle war trocken geworden. Warum hatte er

plötzlich das Gefühl, hier um sein Leben reden zu müssen?

„Bitte, lassen Sie mich gehen! Meine Freundin ist hier in Australien. Wenn Sie Geld haben wollen, kann ich sie anrufen. Sie wird etwas beschaffen können und kann es irgendwo für Sie hinterlegen.“

„Ach, Sie meinen Sabrina?“, grinste der andere ihn spöttisch an.

„Sie ist wirklich eine tolle Frau. Sehr sexy.“

Scotts Herz krampfte sich zusammen. „Was haben Sie mit Sabrina gemacht? Ich schwöre, ich bringe Sie um, wenn ihr etwas zugestoßen ist.“

Der Mann schüttelte lächelnd den Kopf. „Aber, aber, nicht gleich so hitzig. Sabrina ist ganz freiwillig zu mir gekommen. Ich habe ihr ein bisschen geholfen, Sie zu suchen, und dabei sind wir uns schnell näher gekommen.“ Er legte eine kurze Pause ein und sah dabei sehr zufrieden aus. „Ich nehme an, sie wird noch eine kurze Zeit um Sie trauern. Selbstverständlich werde ich dann für sie da sein und ihr darüber hinweghelfen. Vielleicht sollte ich ein paar Tage mit ihr in die Südsee fliegen, was meinen Sie?“

Der Typ schien völlig verrückt zu sein. Scott zerrte an seinen Fesseln. Eine unbändige Wut verlieh ihm neue Kräfte. Doch gegen die gut verschnürten Kabelbinder konnte er nichts ausrichten.

„Nun ja, ich finde, wir sollten unsere kleine Unterhaltung nun langsam beenden. Ich möchte zurück zu Sabrina, und unser Freund Mel möchte in der Stadt ein Bier trinken. Also, war nett, Sie kennengelernt zu haben, Scottie.“ Dann nickte er Mel zu, der ihn schon seit einigen Minuten völlig verständnislos angestarrt hatte.

„Sie kennen seine Freundin?“, rief er fassungslos.

„Ehrlich gesagt, würde ich sie inzwischen wohl eher als meine Freundin bezeichnen. Aber das tut jetzt nichts zur Sache. Los, erledige deinen Job.“ Bei seinen letzten Worten wies er mit dem Kopf auf Mels Pistole.

Scott erstarrte. *Die würden ihn hier abknallen!*

Mel stand regungslos da und hielt die Waffe auf Scott gerichtet. In seinem Gehirn arbeitete es, Schweißtropfen standen auf seiner Stirn. Dann schüttelte er langsam den Kopf und ließ die Waffe sinken. „Ich kann das nicht.“

Sein Boss stieß ein verächtliches Schnauben aus. „Dann mache ich es eben selber.“ Er griff in seine Jackentasche und zog einen kleinkalibrigen Revolver hervor. In diesem Moment drang ein markerschütternder Schrei in die Hütte. „Nein!!!!! Trevor, tu es nicht!“

Sabrina hatte Joe, so stark sie konnte, in die Hand gebissen. Er hatte seine Finger von ihrem Mund gelöst, und sie hatte geschrien wie noch nie zuvor in ihren Leben. Auf einmal ging alles ganz schnell.

Während Trevor noch verdutzt in das angstverzerrte Gesicht von Sabrina blickte, war Mel auf ihn zugesprungen, um ihm die Pistole zu entreißen. Trevor zuckte zurück, klammerte sich an seine Waffe und drückte ab. Die Mündung war genau auf Mels Bauch gerichtet gewesen. Mit einem Stöhnen sackte Mel zu Boden und riss Trevor dabei mit sich. Dies alles hatte nur Sekunden gedauert, doch Joe hatte die Zeit genutzt. Er hatte Sabrina losgelassen, war um die Hütte gerannt und warf sich nun auf Trevor, bevor der sich wieder aufrappeln konnte. Joe war um einiges stärker als der Mann mit der Waffe. Er bog ihm gewaltsam die Arme nach hinten, kickte die Waffe mit dem Knie weg und drückte Trevor mit seinem ganzen

Gewicht auf den Boden.

„Sabrina“, rief er. „Schnell, geben Sie mir etwas, mit dem ich dieses Schwein hier fesseln kann.“

Sabrina war ihm gefolgt, so schnell sie konnte. Sie war sofort zu Scott gerannt und hatte sein Gesicht mit Küssen bedeckt. Joe sah zu ihr hinüber. „Sabrina! Los jetzt, Sie können später weiterknutschen.“

Trevor wehrte sich mit aller Macht, um den Aborigine auf seinem Rücken loszuwerden.

„Geh erst Sabrina“, sagte Scott. „Mel verwahrt die Kabelbinder und eine Schere in der Küchenschublade auf.“

Sie fand das Gesuchte und half Joe dabei, Trevor zu fesseln, bevor sie zu Scott zurückkehrte und seine Fesseln losschnitt.

Sie lachte und weinte gleichzeitig. „O Gott, Scott. Ich bin so froh, dass du lebst. Ich liebe dich. Ich werde dich keine Sekunde mehr alleine lassen.“

Scott streichelte ihr Gesicht, ihre Haare. Er küsste ihren Mund.

Dann schob er sie sanft zur Seite. „Warte, mein Herz. Ich muss nach Mel sehen. Ich glaube, der alte Brummbär hat mir tatsächlich das Leben gerettet.“

Er humpelte zu dem am Boden liegenden Mel hinüber, den Joe bereits vorsichtig umgedreht hatte. Der Aborigine sah Scott an und schüttelte den Kopf. „Zu spät. Er ist auf die andere Seite gegangen.“

Scott schluckte. Langsam ging er neben dem Toten auf die Knie und sah Mel stumm ins Gesicht. Wie in einem Kinofilm liefen all die Szenen vor ihm ab, die er in den vergangenen Tagen mit Mel erlebt hatte. Ihre gemeinsamen Mahlzeiten, die Männergespräche vor der Hütte. Mel, wie er ihn in den Grampians aufgespürt hatte und zuletzt, wie er sich geweigert hatte, ihn zu erschießen und sich zwischen ihn und Trevor geworfen hatte. Scott spürte, wie Tränen in ihm aufstiegen. Obwohl Mel ihn gekidnappt hatte, war er im Grunde seines Herzens kein schlechter Mensch gewesen. In einem anderen Leben hätten sie Freunde sein können. Sein können? Scott schüttelte leicht den Kopf und wischte sich eine Träne aus dem Augenwinkel. Dann lächelte er, griff nach Mels Hand und drückte sie. „Danke. Und mach's gut, alter Freund."

***

Während sie auf die Polizei warteten, die sie mit Mels Telefon angerufen hatten, setzten sich Scott, Sabrina und Joe auf die Bank vor die Hütte. Trevor hatten sie zuvor gut verschnürt an Scotts Bett festgemacht. Er hatte die ganze Zeit verbissen geschwiegen. Selbst als Sabrina zu ihm hingegangen war. Sie hatte ihn – noch immer ungläubig – in die Augen geschaut und gefragt, warum zur Hölle er das getan hatte. Sie konnte nicht glauben, dass sie sich so in einem Menschen getäuscht hatte. Nie im Leben hätte sie Trevor so etwas zugetraut. Sie hatte ihn gemocht, ihm vertraut. Sich wohl in seiner Nähe gefühlt. Jetzt empfand sie nur noch Abscheu. Trotzdem wollte sie wissen, warum er das getan hatte.

„Du bist ein paar Minuten zu früh gekommen, Darling. Ich hätte dir das Leben einer Prinzessin bieten können. Einfach zu blöd…“

Er grinste sie zynisch an und schwieg dann.

Sabrina starrte ihn fassungslos an. Wie konnte ich sein Lächeln nur mal charmant finden?, fragte sie sich. Inzwischen kam es ihr einfach nur teuflisch vor.

Nun saß Sabrina dicht an ihren Scott geschmiegt auf der Bank und hielt seine Hand. Sie genoss das Gefühl, endlich wieder bei ihm zu sein und konnte erstmal an nichts anderes denken. Sie hatten sich kurz erzählt, was in den vergangenen Tagen alles geschehen war, und nun hing jeder seinen Gedanken nach. Joe war der Erste, der seine Sprache wiederfand.

„Sag mal, Sabrina, eines würde mich noch interessieren. Warum bist du eigentlich letzte Nacht so Hals über Kopf abgehauen?“

Sabrina hatte längst mit dieser Frage gerechnet. Und so richtig wusste sie immer noch nicht, ob sie Joe vertrauen konnte. Auch wenn er ihnen zuletzt doch geholfen hatte.

„Das war wegen der Uhr“, antwortete Sabrina. Jetzt starrten sie beide Männer mit verwirrtem Gesichtsausdruck an.

„Als ich ins Bett ging, hatte ich mich zuerst im Zimmer vertan. Deswegen sah ich, dass dein Rucksack umgekippt war und zwischen all deinen Sachen Scotts Uhr lag. Da wurde mir klar, dass du irgendwas mit Scotts Verschwinden zu tun haben musstest.“

Joe kratzte sich am Kopf und schien zu überlegen. Dann erhellte sich seine Miene.

„Du meinst diese hässliche, bunte Plastikuhr mit dem

Picasso drauf?“

Scott stieß ein entrüstetes „Also wirklich...!“ aus, und Sabrina nickte. „Genau die meine ich, und sie ist überhaupt nicht hässlich. Ich hatte sie Scott zu Weihnachten geschenkt und ich würde sie unter allen Uhren der Welt wiedererkennen.“

Joe schüttelte grinsend den Kopf. „Aber die habe ich schon vor ein paar Tagen auf dem Parkplatz vom McKenzie Wasserfall gefunden. Ich dachte, irgendein Touri hat sie verloren, und sie ist ohnehin nicht teuer. Deswegen hatte ich sie eingesteckt.“

„Dann muss ich sie da verloren haben“, überlegte Scott. „Vielleicht als Mel mich auf dem Parkplatz niedergeschlagen hat. Ich dachte die ganze Zeit, er hätte die Uhr zusammen mit meinen anderen Sachen weggeschmissen.“

Während sie sprachen, war ein Polizeiauto den Weg hinaufgekommen und hatte hinter den beiden anderen Fahrzeugen gehalten. Barny Jones stieg aus, rückte seine Dienstmütze zurecht und kam mit grimmiger Miene auf sie zu.

„Ich hoffe, es gibt einen triftigen Grund, mich hierher zu bestellen. Ich hab nämlich Wichtigeres zu tun, als mich um irgendwelche Bagatellen zu kümmern. Es gibt Buschfeuer in den Grampians.“

Die drei vor ihm auf der Bank machten einen ziemlich abgerissenen Eindruck. Einer von ihnen hatte einen dicken Fuß, den er auf einem Hocker abgelegt hatte. Er grinste ihn süffisant an.

„Ich glaube, da müssen wir Sie nicht enttäuschen, Sergeant. Drinnen, in der Hütte, finden Sie eine Leiche und ihren gefesselten Mörder. Meine Freundin Sabrina hier dürfte inzwischen vielleicht schon vermisst werden. Und ich bin der Typ, der bereits vor einigen Tagen spurlos verschwunden ist."

Barny riss die Augen auf und sagte nichts mehr. Sollte das wirklich wahr sein, war das hier sein großer Tag. Er hatte ein Verbrechen aufgeklärt und zwei Vermisste gefunden. Dieser Colin aus Melbourne würde staunen. Barny grinste. *Es müsste doch mit dem Teufel zugehen, wenn da nicht eine Beförderung für ihn herausspränge ...*

## Brambuk

Zwei Tage später fuhren Scott und Sabrina zum ersten Mal gemeinsam zum Brambuk Visitor Center. „Sieh mal da", wies Sabrina auf eine Gruppe von Kängurus, die ungerührt von den vorbeifahrenden Autos auf einer Wiese herumhopsten. Sie stellte den Wagen auf dem Parkplatz ab und strich Scott übers Bein. „Was macht dein Fuß?"

Scott trug eine Bandage am Knöchel. Zum Glück war es wirklich nur ein Bänderriss gewesen. Er sollte den Fuß schonen, was er mehr oder weniger ignorierte. „Alles bestens, mein Engel. Schließlich habe ich ja die beste Krankenschwester der Welt."

Sabrina lächelte geschmeichelt. „Worauf du dich verlassen kannst, mein Lieber. Sollte ein Patient jedoch aufmüpfig werden, kann besagte Krankenschwester sich in ein fieses Monster verwandeln."

Scott verzog betont angstvoll das Gesicht. „O mein Gott, das möchte ich lieber nicht erleben."

Hand in Hand schlenderten sie auf das Gebäude zu. Mary stand am Verkaufstresen und winkte ihnen zu. „Scott, Sabrina, wie schön, Sie zu sehen!"

Eilig kam sie hinter ihrem Tisch hervor und schloss die beiden in die Arme. „Ich bin so froh, dass alles gut ausgegangen ist. Was für eine schreckliche Geschichte." Mary blickte von einem zum anderen und strahlte über das ganze Gesicht. „Sie wollen sicher zu Joe, richtig?"

Sabrina nickte. „Wir möchten uns von ihm verabschieden und wollten uns auch nochmal bei ihm bedanken. Hätte er nicht so schnell reagiert und Trevor überwältigt, wäre die Sache nicht so gut ausgegangen."

„Joe ist leider nicht da. Er ist zu seinem Vater gefahren.“ Mary atmete tief aus. Ein verräterischer Glanz war in ihre Augen getreten. „Er will sich endlich mit ihm aussöhnen. Wurde ja auch Zeit.“ Rasch wischte sie sich eine Träne aus dem Augenwinkel und schob die beiden Besucher in Richtung des Cafés. „Lassen Sie mich wenigstens einen Kaffee ausgeben. So viel Zeit haben Sie doch bestimmt, oder?“

Das konnten Scott und Sabrina kaum ausschlagen. Während sie ihren Kaffee tranken, erzählte Mary, wie sehr ihr Sohn sich verändert habe, seitdem er wieder zu Hause war. „Ich erkenne ihn kaum noch wieder. Jahrelang hatten wir kaum Kontakt zu ihm, er hatte sich mit den falschen Leuten angefreundet, war sogar im Gefängnis.“

Sie blickte entschuldigend zu Sabrina. „Es tut mir leid, dass ich das nicht gleich gesagt habe, als Sie Joe als Guide haben wollten. Ich hatte einfach gehofft, er würde seine Chance nutzen und wieder zu seinen alten Wurzeln zurückfinden.“

„Das hat er doch auch“, antwortete Sabrina und legte ihre Hand auf die von Mary.

„Ja, das stimmt. Wobei ich immer noch nicht weiß, wie es dazu gekommen ist. Immerhin hat er bei der Polizei ein komplettes Geständnis abgelegt. Er hatte für einen windigen Typen aus Melbourne gearbeitet, der ständig in irgendwelche schmutzigen Geschäfte verwickelt war. Wahrscheinlich wird sich Joe dafür noch vor Gericht verantworten müssen.“

Mary trank einen Schluck Kaffee und fuhr dann fort. „An dem Tag, an dem mein Mann den Herzinfarkt hatte und ich Joe anrief, war er sogar schon in den Grampians.

Sein Freund hatte ihn dazu überredet, auch für diesen Trevor zu arbeiten. Zum Glück ist es dann aber nicht mehr dazu gekommen.“

Mary schüttelte den Kopf. „Unglaublich, dass er hinter all diesen schrecklichen Dingen steckte. Wie ich gehört habe, war die Sache mit den Autodiebstählen nur ein kleiner Teil seiner kriminellen Aktionen. Die Polizei sagte, er habe noch viel größere Dinge am Laufen gehabt. Sein ganzes Vermögen ist nur durch Betrügereien entstanden.“ Sie hielt kurz inne. „Er soll ja sehr charmant sein, und ich weiß, dass er teuflisch gut aussieht. Tja, wer hätte das gedacht?“

Sabrina war bei ihren Worten leicht errötet. Nun blickte Mary sie entschuldigend an. „Und ich hab Sie auch noch in seine Nature Lodge geschickt.“

„Ja, Trevor ist ein Fall für sich“, antwortete Sabrina diplomatisch und sah Scott dabei an. Sie hatte ihm längst erzählt, wie sie Trevor kennengelernt hatte und dass nichts zwischen ihnen gewesen war. Scott hatte ihr geglaubt.

„Was wird Joe jetzt tun, hat er schon Pläne für seine Zukunft?“, fragte Scott.

Mary lächelte breit. „Er will hierbleiben. Ist das zu glauben? Zunächst wird er weiterhin die Vertretung für meinen Mann übernehmen. Wenn er sich bewährt, wäre der Chef bereit, ihn ebenfalls einzustellen.“

„Joe weiß viel über dieses Land. Er hat mir von der Traumzeit erzählt und den Dingen, die sein Großvater ihm beigebracht hat“, sagte Sabrina. „Ich glaube, es gibt keinen Besseren, der den Besuchern die Magie der Grampians näherbringen kann.“

Jetzt holte Mary doch noch ein Taschentuch hervor

und tupfte sich die Augen. „Danke, Sabrina. Sie sind ein wunderbares Mädchen. Ich wünsche Ihnen beiden alles Gute für Ihre Zukunft.“

Sie standen auf und umarmten sich ein letztes Mal. „Grüßen Sie Joe von uns. Wir werden ihn wohl erst bei der Gerichtsverhandlung gegen Trevor wiedersehen. Aber das wird noch eine Weile dauern“, sagte Scott.

Wenige Minuten später hatten sie Brambuk verlassen und fuhren in Richtung Port Campbell. Sie wollten die wunderschöne Great Ocean Road langsam entlangbummeln, unterwegs in einem hübschen Hotel übernachten, bevor sie nach Melbourne zurückkehrten. Scott summte ein Surferlied mit, das im Radio gespielt wurde und hatte eine Hand auf Sabrinas Bein gelegt. Seitdem sie wieder zusammen waren, mussten sich die beiden irgendwie ständig berühren.

Fast hatten sie das Gebiet der Grampians verlassen. Die mystischen Berge der Aborigines lagen hinter ihnen. Lächelnd blickte Sabrina zu Scott hinüber, bevor sie ihren Blick wieder auf die Landstraße vor sich richtete – und aufschrie. Mit voller Wucht trat sie auf die Bremse und riss gleichzeitig das Steuer herum. Scott wurde gegen die Beifahrertür geschleudert und starrte sie erschrocken an. Weit und breit war kein anderes Auto unterwegs. „Bist du verrückt geworden? Was ist denn los?“, rief er.

Sabrina war leichenblass geworden. „Hast du die Schlange nicht gesehen? Ich glaube, ich habe sie überfahren“, schluchzte sie.

Scott schüttelte den Kopf. „Quatsch, da war keine Schlange“, sagte er.

Zeitgleich sprangen sie aus dem Auto und suchten die

Straße ab. Tatsächlich war weit und breit keine Schlange zu sehen. Sabrina zitterte trotz der Hitze. Auf ihren Armen hatte sich eine Gänsehaut gebildet. Auch wenn Scott sie mit einem Blick bedachte, der Bände sprach, wusste sie eines ganz genau. Die Schlange war plötzlich vor ihrem Auto aufgetaucht und hatte sich aufgerichtet. Für einen kurzen Moment, der ihr zugleich wie eine Ewigkeit vorgekommen war, hatte sie Sabrina tief in die Augen geschaut. Auf ihrem Rücken leuchteten die Farben eines Regenbogens in der Sonne.

## Nachwort

Alle Personen und Geschehnisse meines Romans „Das Geheimnis der Traumzeit“ sind frei erfunden.
Die Location, in der er spielt, gibt es allerdings wirklich. Die Grampians liegen im australischen Bundesstaat Victoria. Bei meinen Wanderungen durch den fast 1700 Quadratkilometer großen Grampians Nationalpark kam mir die Idee zu diesem Roman. Ich stand nach einer schweißtreibenden Kraxelei an einem der fantastischen Aussichtspunkte und sah ringsum bis zum Horizont nur Wildnis. Wenn man hier verlorengeht, ist man auch verloren, dachte ich damals. Und „zack!“, da war er, der erste Funke zur Story.

Leider bin ich keine Expertin für die Traumzeit der Aborigines. Die Legenden über die Regenbogenschlange, die Maban Steine und vieles mehr habe ich zu Hause in Deutschland recherchiert. Eine große Hilfe war mir dabei die Internetseite www.traumzeit-legenden.de, die ich ausdrücklich empfehlen kann. Fehler über die Traumzeit der Aborigines in meinem Roman gehen voll auf meine Kappe – hierfür schon mal vorbeugend mein ehrliches ‚sorry‘!

Ich hoffe, ich konnte Ihnen mit der Geschichte von Scott und Sabrina ein wenig das Herz für die wunderschönen Grampians und überhaupt für Australien öffnen. Auf den nächsten Seiten finden Sie noch einige Anregungen für Ihre eigene Reise in die Grampians. Sollten Sie sich auf den Weg machen, wünsche ich Ihnen viel Spaß, einen spannenden Trip und viele magische Momente!

Susan de Winter

## Reisetipps von der Autorin

Der 167.000 Hektar große Grampians Nationalpark im australischen Bundesstaat Victoria liegt etwa drei Autostunden von Melbourne entfernt. Sir Thomas Mitchell gab ihm 1836 den Namen, weil ihn das Gebirge an die schottischen Grampian Mountains erinnerte.
Die Ureinwohner Australiens, die Aborigines, leben schon seit mehr als 22.000 Jahren in den Grampians. Sie nennen die Berge „Gariwerd“. Für sie gelten sie als mystischer Ort. Mehr Felsmalereien als in den Grampians gibt es im ganzen südlichen Australien nicht.
Jede archäologische Stätte erzählt Geschichten über den Weg des Lebens. Für die Aborigines sind viele Orte heilig. Sie verbinden sie mit ihrer Vergangenheit. Ihre Vorfahren nutzten die vielen Höhlen der Region als vorübergehende Unterkünfte. Die Felszeichnungen dokumentieren ihr spirituelles Leben und überliefern Wissen von einer Generation zur nächsten.
Bis heute hat man in den Grampians mehr als 4.000 auf die Felsen gemalte Motive gefunden. Eines davon sind die „Gulgurn Manja“ – die „jugendlichen Hände“. Der ganze Fels ist übersät von kleinen, rötlich-ockerfarbenen Handabdrücken. Die Zeichen beschreiben einige der Geschichten und Legenden der „Jardwadjali“ (zu finden an der Mount Zero Road).

**Brambuk Cultural Centre**

Wer in die Grampians fährt, sollte unbedingt das Brambuk Cultural Centre in Halls Gap besuchen. Es ist das älteste seiner Art in ganz Australien und wird von Aborigines geführt. Schon die Architektur ist preisgekrönt. Das Dach ist der Silhouette eines fliegenden Kakadus nachempfunden. Er ist das Totem der lokalen Stämme und Namensgeber des Zentrums: Brambuk heißt „weißer Kakadu".

Im Inneren des Hauses lernen Besucher die Geschichte der Aborigines kennen. Wer möchte, kann sogar einen Boomerang bemalen und das Werfen üben. Ranger zeigen, von welchen Pflanzen, Wurzeln und Samen sich die Ureinwohner ernährten. Und im Bushfoods Café kann man exotische Speisen wie Känguru, Emu oder Krokodil probieren.

**Für Naturfans**

Urlauber, die heute in die Grampians kommen, sind begeistert von der wild zerklüfteten Berglandschaft, den Felsmalereien und den Tieren. Wanderer, Bergsteiger und Mountainbiker finden rund 200 Kilometer Wanderwege aller Schwierigkeitsgrade. Einige der Wanderwege führen zu spektakulären Aussichtspunkten. Sehr beliebt und nicht weit von Halls Gap entfernt liegen der Wonderland Range, der Pinnacle Walk und die MacKenzie Falls sowie Mount Sturgeon, Mount Stapylton, Boronia Peak und Hollow Mountain.

Kletterer erobern die schroffen Felsen. Entlang rauer Klippen und Eukalyptusbäumen, in denen Koalas sitzen, können Sie zu Wasserfällen, wie den besonders fotogenen

MacKenzie Falls, laufen.

**Die Tiere**

Über 200 Vogelarten sind im Grampians Nationalpark zu Hause. Camper hören den Ruf des Kookaburras in ihren Zelten, und haben gute Chancen, einigen Exemplaren der dort ansässigen fünf Känguru- und Wallaby-Arten zu begegnen. Bei Wanderungen kann man immer wieder auf Koalas, Emus, Opossums – und auch auf Schlangen stoßen. Einige Arten sind tatsächlich sehr giftig ...

Bei Wanderungen rund um die Felsformationen Pinnacles und Balconies sowie zu den MacKenzie Waterfalls sieht man manchmal sogar die scheuen Ameisenigel (Echidnas) etwas abseits der Touristenpfade durchs Gras tippeln. Auch die winzigen Flugbeutler Sugar Gliders leben in den Wäldern der Grampians, kommen aber nur nachts aus ihren Baumverstecken hervor.

**Gold & Wein**

Aber nicht nur Natur, Tiere und Felsmalereien begeistern in den Grampians. Ararat ist eine historische Goldgräbersiedlung. Das Gum San Museum dokumentiert die Pionierarbeit der chinesischen Bergleute. Für ihren ländlichen Charme, ihre Gärten, Galerien und Museen sind die Orte Horsham und Hamilton bekannt. Im Städtchen Great Western wird seit 1863 Wein angebaut. Dementsprechend traditionsreich präsentieren sich die dortigen Weinkellereien. Das Weingut Seppelt zum Beispiel besitzt einen drei Kilometer langen, fast labyrinthischen Goldgräbertunnel, in dem heute mehrere Millionen Flaschen Wein und Champagner lagern.

Auskünfte über die Grampians und Victoria im Internet: http://de.visitmelbourne.com

**Extra-Tipps:**
Viele Fotos, Videos, Reisetipps und Geschichten zu den Schauplätzen meiner Bücher finden Sie in meinem Blog unter www.susandewinter.de
Wenn Sie sich dort für den Newsletter anmelden, werden Sie immer über neue Bücher, Aktionen und Gewinnspiele informiert.

Facebook-Mitglieder sind herzlich willkommen, durch Klicken des Gefällt-mir-Buttons Fan zu werden und über neue Bücher auf dem Laufenden zu bleiben: https://www.facebook.com/SusandeWintersSchreibblog/

Wenn Ihnen mein Buch gefallen hat, würde ich mich über eine kurze Rezension bei Amazon sehr freuen!!
Ich bedanke mich ganz herzlich und wünsche weiterhin viel Spaß beim Lesen (und beim Reisen!)

*Ihre Susan de Winter*

## *Danksagung*

*Vielen Dank für euer super Lektorat Jutta Lemcke und Peggy Günther – ihr seid die Besten!*
*Einmal mehr mein herzlicher Dank für das schöne Cover, Christiane Baurichter!*
*Danke für deinen tollen Einsatz im Marketing, Sonja Rohlfing!*
*„Thanks a lot" darüber hinaus an alle Familienmitglieder, Freunde und Freundinnen, die mich mit Rat und Tat unterstützt haben!!*

Sie möchten wissen, wie Scott und Sabrina sich kennengelernt haben? - Dann lesen Sie:

## Drei Wünsche im Wind

*von Susan de Winter*

***Eine leidenschaftliche Liebe und die Magie Islands ...***

*Der Berg war kaum hundert Meter hoch, dennoch strahlte er eine Aura von Macht auf Sabrina aus. Zeit und Raum waren unwichtig geworden. Sie sah sich nicht um. Sie sagte kein Wort. Während sie sich Meter um Meter dem Gipfel näherte, vernahm sie in ihrem Inneren die Stimmen der Wikinger, sie fühlte die Hoffnungen all derer, die vor ihr diesen Weg gegangen waren. Als sie hinunter aufs Meer blickte, erwachte die Legende zu neuem Leben. Und so sprach sie ihre drei Wünsche in den Wind.*

Auf einem Reiterhof in Island lernt Sabrina den New Yorker Fotografen Scott kennen und verliebt sich in ihn. Doch er verschweigt ihr den wahren Grund für seine Reise auf die Atlantikinsel. Ein dunkles Geheimnis aus seiner Vergangenheit lässt ihn nicht los. Und dann ist da auch noch Patricia, die alles versucht, um Scott für sich zu gewinnen.

**Erhältlich als Taschenbuch und E-Book bei Amazon.**

## Der Stein der Schildkröte

*Eine Reise durch Australien, ein geheimnisvoller Stein und die große Liebe …*

Was soll ich alleine in Australien? Ich bin ja noch nicht mal alleine auf Mallorca gewesen, denkt die Mitvierzigerin Claudia, als ihre Tante aus Melbourne stirbt, ganz knapp vor ihrer sorgfältig geplanten, gemeinsamen Reise. Doch dann fliegt sie trotzdem hin und erlebt das Abenteuer ihres Lebens. Auf ihrem Roadtrip durch Down Under hat sie mit viel mehr zu kämpfen als mit wilden Kängurus und einem angefahrenen Wallaby. Sie findet das Tagebuch ihrer Tante Anne und deckt ein altes Familiengeheimnis auf. Sie verliebt sich in den smarten Geschäftsmann David, der jedoch spurlos verschwindet. Und was hat es mit dem Stein der Schildkröte auf sich, den ihr ein alter Aborigine schenkt und der rätselhafte Träume in ihr auslöst?

Der erste Roman von Susan de Winter hielt sich monatelang auf Platz 1 aller Amazon-E-Books über Australien und in den Top 50 der Liebesromane Mystery & Spannung!

**Erhältlich als Taschenbuch und E-Book bei Amazon.**

## Hinweise, Rechtliches und Impressum



Coverfoto: Russian Federation/BluedarkArt

Taschenbuchausgabe April 2017

*Herausgegeben von:*
*Susan de Winter*
*von-Tschirsky-Weg 12*
*D-32602 Vlotho*

19192467R00123

Printed in Poland
by Amazon Fulfillment
Poland Sp. z o.o., Wrocław